收藏一撮牛尾毛

林央敏

謹以此書紀念我的
母親林陳照雲阿母
外祖母陳韓玉葉阿嬤
祖父林萬傳阿公
二叔公葉（林）恆叔公

目次

◎卷三　鄉音已改鬢未衰

◎卷四　三分之一的人生

◎附錄

自序

失而復得的精緻與樸實

散文的語言結構是所有文類中最接近人類說話與思考形式的一種文體，換句話說，我們只要順其自然地將講話或思考的內容記錄下來，都可算是在寫散文，它可以用來論述、說理，也可以用來記事、抒情，或者兼容多種性質的內容，所以廣義的說，凡是運用一般的、自然的語法結構書寫，不刻意追求文字的格律音韻，也不特別講究句式的排比整齊的文章都是散文。而在這些各形各樣的散文中，有一類散文也講究結構之美，從最小單位的文句修辭到整篇內容的佈局方式都講究，使讀者覺得這類散文也和詩、和小說一樣，是一種藝術作品，這類散文就是狹義的散文，也就是現代文學界所定義的散文，我們有時會稱它「文學散文」或「文學性散文」，以別於那些主在表述意念而不在乎文字之美與結構之美的散文。

但不管廣義或狹義，相對於詩和韻文來看，所有散文的共同特點就是「鬆散」，這是指外在結構上的鬆散，即字句的長短與結構主要依據語意的需要自由組成，沒有任何限制。因散文的語言結構自由鬆散，所以常被當做寫作的基礎而受到輕視，在文學地位上，往往不如詩和小說。而其實，散文的內在結構未必鬆散，尤其文學性的散文，寫作者也可以講究文體的精緻化，使作品產生詩意，充滿文字美感，也可以在敘述中加入小說的元素，使作品產生情節，富有戲劇性，這種也要講究作品的內在結構的散文就是所謂的「現代散文」，現代散文的觀念出現後，散文的地位才獲得提升，而與詩、小說並列為文學的三大類型。一九八二年，我曾為現代散文的特殊現象寫過一篇小評論叫〈散文出位〉，意指現代散文已不再安於傳統觀念裡的單調平實的文句本分，而要越界吸取其他文類，乃至繪畫、音樂的元素，在這篇評論中，我概要提出散文向詩、向小說越界的「語言出位」及「對白」、「情節」、「意境」、「技巧」這幾種文學上的出位，還有對圖畫、舞蹈、音樂方面的模擬出位。[1]

以上是我對散文的一些看法。近四十年來，當我有意寫一篇文學散文時，無論是內容較多的長篇記敘，還是文字很少的袖珍隨筆，總是本著上述對狹義散文的看法，盡力寫好文章，希望讓內容與形式產生相得益彰的結合，使「事出於沉思，義歸乎翰藻」，使思想寓於精緻的描寫，情感藏諸樸實的文字，以期引人感動共鳴，我希望自己的作品至少不辜負讀者才敢發表，發表後，有時可從讀者的來信或評者的論述中檢視自己是否做到感人共鳴的效果，比如有位快要當祖母的讀者說：「看你那篇文章[2]，我都偷偷流淚，但怕被學生看到，趕快離開圖書館。」再如小說家宋澤萊寫道：「這篇文章[3]彷若讓人聽到了作者的悔恨和自譴，讀完時我們竟流淚了。」[4]讀者們的反應，其實也是鼓舞我砥礪自己用心創作的動能。

在我散文發表最多的前二十年中（約二〇〇〇年之前），計有五十三篇散文被選入諸如：年度散文選、大學國文選、高中延伸教材選粹、五千年閱讀學堂、海峽兩岸散文代表作選、八百字小語……等各種選集中。過去，我一直以為早年出版的散文集《蝶之生》（九歌，一九八六）曾收納最多這類作品。今年初，重新檢視一些曾在報刊發表過的散篇時，才發現有更多這類被選為「佳作」的作品尚未結集到我的個人著作中，心想：她們既然沒有散軼掉，應該值得出版吧？由於她們都是文學散文，不因時間更迭而減損藝術內涵及文學價值，加上其他多篇或抒情或記事的作品，都是我曾經苦心淬煉的散文。因此便將這些篇章整理成冊，取名「收藏一撮牛尾毛」，期待付梓，以求更多願意賞識的收藏者。

《收藏一撮牛尾毛》總共收錄三十七篇長短不一的散文，其中只有卷首的〈第一封信〉曾收到我的華語散文集中，這回再度收進來是想讓書寫家母的文章更完整。全書各篇按內容性質概分為四卷，卷一寫的都是我的親人，旨在表現無盡的血緣與濃密的親情；卷二在於描述生我長我育我的地方，以反映深厚的鄉土情懷；卷三是對世間人情事故的感懷詠嘆，小則一己之思，大則關於國家、民族、社會、政治、文化的寄望。卷四比較像是隨筆小品，主題也雜，有生活記趣，有對生命的感悟，乃至異想天開的遐思。

出版本書，對我來說，屬於古老作品的新結集，但對讀者來說，她們仍屬新出爐的著作，當中「最古老」的部分，原本在一九九一年初就已被一家知名的出版社拿去準備出版，正當完成編輯排版時，該出版社的大股東發生內鬨，演一齣「夫婦春秋」和「父女戰國」，雙方在爭奪產權與財物的過程中，本書最古老的部分被弄丟了，原老闆雖曾信誓旦旦要找回，但多年過去仍不見文本蹤影，由於我的身上已沒有那些原件了，所以那感覺猶如英國大詩人波普（A. Pope）筆下的〈秀髮劫〉（The Rape of the Lock），每思及此事總叫我心痛不已，為了療傷，只能契而不捨的翻找舊報刊及一些文學選集加以影印或剪輯，經過多年，作品終於失而復得，如此傷口雖癒，但心頭已留下傷疤。

最後，要感謝桃園市政府文化局及市立圖書館，近年開始辦理文學閱讀與推廣活動，我將那些重新歸來的作品，效法古詩人陸游說的「遺簪見取終安用，敝帚雖微亦自珍」的心理，擇取最想自珍的部分，匯集二〇〇〇年之前新發表的幾篇參與活動，幸賴長官與審閱者不棄，本書始得重生。我想，本書問世日，便是心頭傷疤掉落時。

林央敏

於二〇一八年七月四日

註釋

1——請參閱林央敏作〈散文出位〉，收入《當代台灣文學評論大系(5)——散文批評卷》，何寄澎編，正中書局，一九九三。

2——指本書裡的〈第一封信〉。

3——指本書裡的〈阿母〉。

4——引自宋澤萊：〈論林央敏文學的重要性——繼黃石輝、葉榮鐘之後又一深化台灣文學的旗手〉，原載《台灣新文學》第八期，一九九七年八月。

◎卷一 無休止的溫暖

第一封信

近些年來，母親節給他的慚愧、不安，都與歲遞增。某年的母親節，他幫助一個將參加演講比賽的同班同學代草一篇母愛的講稿，並和他的同學在一條河邊習講的時候，演講者的眼淚掉了。

「不要激動，這是演講比賽。……否則你會把稿子忘記。」他提醒著：「再一次好不好？很有希望。」

翌日早晨，一個陌生的學妹來找他。

「學長，我是X班學藝股長，我們班要出一版紀念母親節的壁報，請您幫忙寫一首有關母親的詩。」伊停了一下，「是黃金印學長介紹我來找您的。」

「我……」

「黃學長說您很有才華，請……」

「那裡，沒有沒有。」可惡，黃金印，給我這個紅將。他罵在心裡。

「所以請學長您幫忙。」

「我……，好，試試看。」他勉為其難地接受了，對於天真的眼光，他總是不好打擊的。

「還請您指導一下，怎樣編比較好？」

他客套了一陣，然後提了些建議。「……我說的只是參考，不一定好。啊！妳也可以在壁報上釘些妳們同學要寄給母親的卡片，各種式樣的卡片，也許比一大堆文字和圖畫更好。」

那時，他怎麼也沒想到要寫一封信、寄一張卡或一份禮給自己的母親。後來，看到別人在書坊裡挑選卡片時，聽到女生在課堂上討論母親節禮物時，他突然顫抖起來。我也要寄一張卡片，明天就去買。買——，不如自己畫。對，寫一封信。寄禮物，什麼禮物？阿母不識字。啊，隨時都可以，不必一定母親節。母親節，她不知道什麼叫母親節。妹妹會告訴她。啊，寄一張卡片吧。他想了又想，每年的母親節總是不安，結果黃黃子衿卸下，青青戎裝卸下，一瞬五年，什麼也沒有寄到他母親的手裡。

「我已想好，今年母親節我要送我媽……」坐在斜對面的女同事在跟另一位女同事說。好，我也——他想。思緒裡，什麼具體的計畫也沒有，而今夜，他考慮了良久，終於決定寫一封信給他的母親。妹妹可以念給她聽。於是他攤開一張稿紙，手緊緊地握著原子筆。怎麼寫啊？他躊躇著。

親愛的母親——
母親大人膝前——
媽——

稿紙上，寫了又塗，塗了又寫，老是寫不好開頭，最後他寫下：

阿母，您好：

自從春節過年到現在，兒一封信也沒有給您，

何止四個月，應該是自從第一次離家到現在。而現在他終於矢志要寫一封信了。

相信家裡一切安好，兒在外地也經常想家，每天都希望從報紙上獲得故鄉的消息，無奈記者寫新聞的人很吝嗇，對我們的村子並不關心，

他邊寫邊想，用了很多時間才換到一句話，因為他的記憶都在此刻點燃；他必須抽絲剝

繭，一條一條地把它紡成紗、織成布，然後裁縫成一件信。五年來，每次回家，他總要把一大堆舊報紙找出來，翻著地方版，一日一日，或者一週兩週地讀，「新民路拓寬有著落……」、「……第二十五筆公園預定地變更為……」，哪怕是一個流氓打架滋事的消息都會叫他心痛；那怕是「二期稻穀下月起開始收購」的小官事也逃不出他貪婪的鷹眼，他對這個國、這個縣、這個鄉里，小至於這個家——從他祖先傳到他父親的家，都有著相同品質的感情；分子愈純，密度就愈高。但此刻，只有他母親的影子浮出水面，翻轉著各種姿勢，像一個初學游泳的中年婦人，掙扎在他的澎湃的浪潮裡，一時，火山爆發似的整個想念迸出來像熊熊的岩漿澆遍他的腦際。無奈寫新聞的人很吝嗇，對我們的村子並不關心。他反覆念著，並不關心，並不關心。竟不知如何接下去。久久，他才又起筆。

所以兒覺得故鄉離兒那麼遠，雖然只有二百多公里。可是阿母，您又是離兒多麼近，您的臉、

這時，在他眼前突然出現一張早已失去顏色的臉，這張臉，是去年某次返鄉的一個傍晚，他無意中看到的。「你返來喔！這遍要返來多久？今晚宰一隻雞燉給你吃，要去那日再宰一隻鴨仔給你帶去。」那天，他母親工作回來，看到他回家，就高興地說著。

「啊！免啦！麻煩，要吃雞，那裡市仔買就有啊！」他回答。

「呵！市仔哪有土雞、土鴨？」

他母親放下擔子，就在圈裡抓了一隻穿著燦爛羽衣的公雞來宰，「嘎啊嘎啊」的哀啼確實令他不忍，何況那隻雞還曾經被他偷偷地拍過照呢！

「啊！雞仔在叫，聽著感覺真殘忍。」他說。

「嘿！出世做雞就是要給人宰的，無、要做啥呢！」他一時因他母親的純樸的思想而微笑了。

就在這時，他觸電般被他母親的臉懾住。什麼時候增加了那樣多皺紋？他看著，痛在心裡，十幾年來他從未如此端詳過。老了，時間的鐮刀刻出的警告，他想。憂傷立刻推開嘴角的微笑。他們（他想到他父母）不必再那樣勞累。她們（他想起幾個女同事）一樣年齡，卻顯得年輕。他悟到夙夜匪懈使得歲月很快地爬上他母親的臉，「爸爸，您與阮阿母可以勿做工事啦，最少也勿再做粗重的工事。」晚餐時，他向他父親做如是的建議；他聽說做慣了的人，一時停止工作會閒出病來，隔壁的阿旺叔公就是例子，於是他又說：「今天開始，慢慢減少工事，到五十五歲就統免了。」可是翌晨，他還沒有起床，父親和母親又出門去了，他在寐裡彷彿聽到母親吩咐妹妹的聲音：你哥哥起來，跟伊講，飯和菜統在鼎底，電鍋底還有雞肉，叫伊多吃些。

每次回家，他都會害死幾隻雞，而離家，他的手提箱總要裝滿母親的叮嚀：「看要再拿一些錢去否？」「我有咧！」「看要帶那隻鴨仔去否？」「免啦！太麻煩。」「看要攜一些小玉瓜去否？」「那裡買就有，（那樣重，他講在心底）。」「衫褲要穿得夠呢！」「好啦！」……。每一回，走出巷子，他就詛咒自己，不該拒絕母親。好，下次一定要帶。他告訴自己，但下次卻又辜負了。想到這裡，他的懺悔已彌漫了整個夜。媽媽，我對不起您。他悔著，悔著，然後繼續他的信：

您的手，

當他寫下「您的手」時，他幾乎回到童年，清楚地看到那隻笨拙的右手，手背上被一道很長很粗的疤痕佔據著，儼如一條巨型毛毛蟲不斷吮噬手裡的血。那隻手，曾為他擣過十七年的髒衣服，多少次的哭聲在它的撫摸下停止了。小時候，他經常只澆著醬油就吃完一頓飯，而母親總會冒著被罵的危險，在他的飯碗上塗下一層豬油，他清楚地想起那隻手的遲鈍的動作，好像拿不穩勺子似地舀起香噴噴的豬油，往他的碗裡劃一個圓圈說：「這樣，較好吃。」想到這裡，他突然激動地寫著：

啊！媽！請您原諒不肖兒，也許您不知道，兒曾經對您的手非常討厭，因為它動作很慢，在田裡，每次都看您比別人慢，啊！媽！兒錯了，兒不該有那種想法，

同時，他又想起當他回家時，他母親總要用那隻蠢鈍而勤奮的手為他削甘蔗、去果皮。

「冰箱底有梨仔，提去吃。」他母親說著，廚房裡發出洗碗筷的聲響。

「好！」他虛應一句，繼續讀著上個月的地方新聞。過了一陣子，他母親總會把切好的梨子端到他的面前來，並且說：「不夠，我擱再削」，「啊！」那一盤白皙皙的梨肉把他的眼睛點亮，還沒到口，甜已到心，因為這就是他喜歡的水果。

「阿母，妳不吃？」他順口說。

「統給你吃，你愛吃梨仔，我不愛吃。」說了，又轉回廚房去。

是的，他喜歡冰涼的梨子。媽怎麼知道我——「我不愛吃」？那麼，她喜歡吃什麼呢？想著，大腦子突然被喝了一棒，啊！從前我怎麼沒有注意到！這一刻，他覺得自己實在大逆不道，怎麼反而是母親在孝順兒子了。

請您原諒兒，

寫到這裡，他停了許久，不知道要怎樣把自己的悔恨寫下來。於是他往後一傾，把身子靠在籐椅的高背上，眼睛獃獃地望著手指間的黑色原子筆，——媽不必做到那麼晚才回家。做那些田（他想到他舅舅租給他們代耕的五分田地）只有徒增辛苦。「啊啊！那些菜放過久了，免愛了。」（他邊說，邊把碗公裡的碎菜餘倒掉）、「講那樣無采啦，還可以吃咧！」（他母親惋惜著）。……——全精神都掉入深沉的回憶裡。

獨在異鄉的異客，一到佳節，總有許多人會燃起客夢，而他們也總有簡單的解夢術。他看過說慣粗話的工人用一盤豆腐乾、一碟花生米，然後加上一瓶酒、一包菸，至多再來一斤肉，就可以打發鄉愁。更簡捷的，有人用一張小小的郵票就能輸送滿載的思情，這些，都是他從未做過的，不知道效果如何。他知道別人在母親節的時候，請綠衣差使代傳一分孝心，而他卻表現得像卡繆的異鄉人。但今夜，吊在他頂上的那盞燈彷彿變成了一盆火，把他的冷漠烘得很暖；把他的記憶蒸得很熟；在這當兒，他似乎又看到母親的那隻手，在寒冷的冬天，猶拿著一根木杵在池塘邊捶打著一堆衣服的情景，一上一下，一起一落。好吃力啊！多麼重的棍子。那一棒正重重地擣在他的鄉愁上。慢慢地，他把眼光向下移動，移到稿紙上，不知何時，他寫下了一句突兀的話：

阿母！我想您——

那隻筆突然顛簸地滑了一跤，在紙上割出一道斜斜的疤痕，再也無法寫下去。久久，無法寫下去。最後，他決定，禮拜天，把鄉愁交給一枚窄窄的火車票。

本文獲一九八二年聯合報文學獎「愛的故事」徵文第一名，收入得獎作品集《傳熱》。

阿母

今天是禮拜日，我們這些師範生只有這一天可以睡得晚晚的，不必怕那些扳著面孔的教官會到宿舍吹哨子，點名催命，但我不能太貪睡，因為今天早上我要去找阿母討點盤纏。

在我進入師專的前兩年，阿母開始學會做小生意，當田裡沒穡頭可做時，每天東方剛抹上灰濛濛的亮光，她就款好全家的早餐，然後騎著那輛老舊的「廿六仔」貨架車，載一只全年都綁在貨架上的大菜籃就往縣城去了。

阿母會去賣水果，當初講給人家聽，全村子沒人會相信。沒讀書，不識字，不懂秤子不會看，也不懂一二三，我在家時，她要是有需要簡單的算術，都得靠我們兄妹，何況她不會騎腳踏車，而那隻主要的右手又因為害病開刀過的關係，一直都瘸瘸的很不靈活，所以起初沒人認為阿母是做生意的料子。但是赤貧的家境將阿母逼得很「彊腳」，我已不記得她是怎樣把自己磨到能夠賺錢、能夠讓我們兄妹有零錢可用，又不必借錢繳註冊費，吃飯時免看阿嬤的臉色，而且和阿叔分家後，有能力和爸爸單房負擔阿公、阿嬤所交代下來的債務。

我知道阿母一大早會先去縣城的果菜市場批購水果，然後到東市場將車子駐紮在某一個路口販賣，賣到十點左右，客人較少了才會轉移陣地到別處，所以要尋找阿母，最慢九點半就得前往。

早晨八點多醒來，我隨便洗個臉，穿著昨天那套制服，顧不得到學校餐廳吃饅頭，就向三號同學借他那輛會變速、跑得特快的孔明車出發，雖然腹肚不斷咕咕叫喊餓，但是心情很輕鬆，橫豎待會兒跟阿母討個一百元「所費」，還用怕吃不到一碗十塊錢的牛肉麵嗎。如此想著，仲秋的晨風搧過來，反倒覺得一陣涼爽。

生為散窮農家的子弟，天性就不會奢侈花費，我很清楚自己的運命，所以過去我始終不敢寄望身上能夠帶著一些零錢銀票好花用，不

過自從阿母會做小生意之後，雖然還比不上人家，但是三不五時想要一些些零錢已經不成問題，阿母已經讓我有能力和同學在星期六晚上去逛夜市、看電影、吃蚵仔煎了，甚至也敢邀請女孩子去喝咖啡。學校離東市場沒多遠，騎過監獄之後，就進入較熱鬧的街市，所以我將自行車放慢下來。

沿路騎沿路想，今天如果有找到阿母，打算下禮拜六要約阿青小姐去喝咖啡，對，聽說那間在文化書局旁邊的懷念咖啡廳氣氛不錯，有情人雅座，晚上又有鋼琴演奏。頭一次約會帶去那裡才有可辣思（class）……

東市場到了，北邊路段主要是賣魚賣肉，水果販子大多排在南段，尤其是流動攤販。當我繞過兩個十字路口之後，看到前方有個婦人似乎正在叫賣，她的形影很像阿母，我心裡立刻浮起一陣歡喜，好佳哉，阿母還沒走，不錯，正是阿母，我遠遠就認出我家那輛舊的貨架車，以及阿母被日夜折磨得失去光彩的面孔。沒多久有一個女性客人走近阿母的車旁像是要買的樣子，阿母也向她招呼著，這時我已經騎到離阿母十多米遠的地方，突然想到我身上這套繡有校名的大專制服，反而不敢再靠近了，因為我怕我要是走過去和阿母相認，我的出身便會立刻暴露出來，會被附近的人知道我這個本地最高學府的學生，他的老母竟然是穿著烏烏滬滬的草地查某，不識字兼不會講國語，想到這裡，心中起了一陣羞慚，趕緊將車轉向右方的路口，轉彎過來時恰好遇到兩個隔壁班的女同學，雖然互相看到了，不過沒有相互招呼，因為我只想著要快點閃離現場，一顆心肝變得青青狂狂。好佳哉！沒到阿母那兒，否則，這聲被女同學看到就更慘，她們如果在學校把我的家世宣傳下去，我哪有面子交女朋友……

這時候，「剛才不知有沒有被阿母看到？」的耽心才浮上心頭，假如剛才阿母有看到我，她一定會傷心啦，我已經整個月沒回家了，阿母一定也想看看我。我想起以前，每次回去，阿母都會宰殺她飼養的土雞給我吃，以至於有一回，最小的妹妹似嫉妒又似玩笑地說：「阮若要食雞肉，攏嘛愛等阮哥哥返來」，「啊恁（你的）哥哥出外讀冊較艱苦啦」，阿母淺淺笑著回答。

想到這裡，我的耽憂越重了，何況今天是專門出來向阿母討錢的，所以我又騎了大約五十米遠就返頭騎回來，在阿母停駐水果攤的路口等著，等到那兩個女生的蹤影消失，又沒人向阿母買水果的時候我才過去。這時阿母臉朝下正在整理籃子裡的水果。

「阿母！」我小聲叫著，不希望引起人家好奇。

「唔！」阿母看到我，嘴角笑了起來。

「生意咁好？」我問，我看阿母的籃子裡蕃茄還很多。

「今仔日較晚來，買的人較少了，想等一下再到別處賣，只是要賣得更晚。」阿母說。

以前我禮拜六回家，就知道阿母都是賣到暮色暗垂才回來，除非農事忙碌或是過年過節，平時連冬天也都賣到很晚，所以將近兩年來，晚炊的責任就換我的大妹在扛了。去年寒冬時，台灣全島在鬧鬼，鬧得人心驚驚惶惶，我們這些會看報紙會聽新聞的，一旦太陽下山後，就不大敢再出門。那陣子我們兄妹都耽憂阿母自己一個人那麼晚歸，曾勸她賣不完沒關係，應趁天色未暗回家才安全，然而阿母不怕，她說：「啊！那也不是真正的鬼，聽講攏是人假扮的。」雖然阿母每天早早出門晚晚歸，但是總計也賺不了多少，一天如果賣得兩、三百她就非常安慰，超過四百算是再好不過了。

「阮爸爸去田裡？」其實我知道阿爸每天都一大早便下田去工作，只是此刻不知要和阿母說些什麼！自從我來到縣城讀書又住校之後，與家裡的長輩便越來越無話可說，可是看阿母還賣不到多少，不好意思這麼快就開口要錢，所以才隨便問這句話。

「恁爸爸今仔也出來賣蕃薯，透早載去四處賣，賣完才去田裡。」

「唔！」爸爸天生勤勞，一年從頭到尾總沒得閒。

這時候，在阿母後邊那個女販子看我好像不是阿母的客人，就走過來和阿母講話。

「那是恁兒子是否？」

「呼！曉，是阮上大漢的啦，讀師專，住在學校，將來要做老師。」阿母嘴笑眼笑說給她聽，我向那個女販點一個頭。

「好命啊！有一個後生這麼賢！而你這麼搰力來跟恁母啊鬥賣乎？」末尾這句話是對我講的。

「無啦！」我不知要怎樣應對。這時阿母也靜靜笑著沒回答。

我想起幾分鐘前，為了怕人家笑我苦命的出身，以及害怕被人家知道我有一個赤貧又沒知識的母親，反而不敢來和阿母相認的情景實在太不應該，這時我已經不想再跟阿母要錢了，雖然阿母一定會給我。

「阿母，賣不完無要緊啦，莫賣到那麼晚。」要離開以前，我說。

「呼！好啦！」阿母雖然嘴巴這樣答應，心裡卻不這樣想，看樣子今天她一定又是晚歸了。

「我要來去學校了。」我說。

「等一下，」阿母看我要離開，趕緊挑揀較豐美的蕃茄，「提些甘仔蜜去食，也分予恁朋友食。」

「免啦，阿母！留著賣，這樣就好。」我伸手隨便抓兩粒，牽著車準備離開。

「啊！這個囝仔這樣講不聽。提較多去啦，這些啦！」阿母看我不等她揀得夠就要走，乾脆將她已經揀在袋子裡的那幾粒全部拿給我，我只好順手接過來，掛在把手上。

「擱等一下啦！這兩百元提去用！」阿母邊說邊看我，同時伸手到那只綁在腹部前的袋子裡拿錢，但是我已經走出幾步了。

「免啦，我還有錢啦！」我邊說邊踩動車子，然後把右腳跨上去，不敢再回頭看阿母，心想兩百元，阿母就要賣整天才有。

「敏的！返來……」

阿母還在後邊叫著，不過，市場內，阿母的叫聲很快就斷了，但是我似乎聽到她的失望。我奮力將車子踩得更快，動作可說是一去不回頭。其實我並不想騎這麼快，也不是不想回頭再看看阿母，只是我感覺我的眼淚已經忍不住快要滾出眼眶，我怕被認識我的人看到，尤其要是被阿母看到，她一定會操心煩惱，以為我遇到什麼不如意的事情。

等到騎過一個十字路口時，我很想回頭看看才停下來，但是熱熱的眼睛已經找不到阿母的影子。

本文台語版選入《台語散文一紀年》（林央敏編，前衛，一九九八）、《台語現代文學選》（方耀乾編，二〇〇二）及《台語文選粹》（成功大學、呂興昌編選）。

母親愛養雞

母親飼養一些雞鴨，使老家增添了許多瑣事和麻煩，雖然這些瑣事都由母親一手承擔，但我們還是反對不已。我想，「不厭其煩」大概是母親的快樂。

到今天這個高度分工的時代，「家禽」幾乎成為歷史名詞了，但節約成性的母親仍然很「古」，腦筋憨直，捨不得進化，不願改變舊農業社會的生活方式。所有民生物質，凡是自己做得來的都要自己動手，吃自己種的米，燒自己撿的柴……，彷彿一個人是農夫，又是紡織廠。就這樣，她在老家旁邊的小空地圍了一個狹窄的圈欄，養起一群雞和一群鴨，為時已十幾年了，天天以餵雞鴨為樂。她畜養家禽的主要原因是節儉，節儉就像她的「憲法」。

母親養雞不餵人工飼料，她認為吃飼料長大的雞，肉不甜，味不甘。她的飼料有四種：第一、餐桌上的食餘。所謂食餘，不是家人吃剩的飯菜，而是經過母親「過濾」後的剩菜，因之母親總是最後才上餐桌，十餘年來不變。好幾次，我要她一起吃飯，她都藉故延遲，不是先餵雞，就是先整理某事某物。細究之後，原來母親是要吃「人撿剩」的菜，然後收集給雞吃，她怕我們把剩菜丟棄。

其次，淘汰的菜葉和削掉的果皮也不忍丟入垃圾筒，母親用這些東西來補雞鴨的維他命，當然母親不懂維他命，她只知道人可以吃菜吃水果，那麼家禽也能吃。有時甚至從市場撿回一大堆菜販不要的菜蔬當飼料，在我看起來正如撿回垃圾，父親笑她「好像在撿寶」。然而，母親就是喜歡廢物利用。凡是可吃的絕不讓它成垃圾，養一群雞鴨正好可以完成她的想法。

母親為她的家禽準備的第三種食物是米糠和粗糠，米糠是稻穀的胚，粗糠是殼。以前這兩樣東西得向碾米廠要，後來農村很少人養家禽了，米廠也就丟棄。去年，母親老遠向高雄的二舅載來一具小碾米機想自己碾米，父親說：「沒米向米廠載，一下就好，省時省事。」但母親認為米廠碾的米損耗過多，非要自己碾不可。然而家人都嫌麻煩，母親只好自己操作，為了五斗米，她會不厭其煩地彎腰半天。某次，米倉的人來我家載運稻穀，弟弟故意叫他們把穀子全部運走，當夜母親回來，發現連留給自己吃的穀子也被搬光了，氣急敗壞地念個不停，她認為弟弟懶惰，怕操作碾米機，自言自語地懷念那些穀子，直到父親去搬回來才平息。原來，母親自己碾米，除了她想的經濟原則外，也是為了保留米糠和粗糠，以便充實家禽的食料。

老家廚房裡留著一座磚灶，既佔空間又破壞整潔，但母親捨不得毀棄，我覺得在現代家庭裡，灶恩公（灶神）早已退位，被瓦斯爐趕跑了，所以有幾次，我忍不住廚房的亂，氣憤地說：

「明天，我去借大支鐵錘來損掉。」

「你莫黑白來，灶有什麼佔位，留著就有用。」母親說。

母親留灶，除了平時燒熱水、開水外，還用它來煮麥片給雞吃，這是母親唯一要花錢的雞食。她認為用瓦斯煮雞食太浪費，所以從木材工廠撿回許多碎柴，於是廚房更擁擠雜亂了。粗麥片每次都煮一大鍋，要燒好久，在夏天整個房子熏得像烘爐，我們覺得受不了，但母親卻安之若素，像住慣吐魯番窪地的人。

有了這四類食物，母親的家禽便不必「鳥為食亡」了，吃得飽，長得快。現在這一梯隊的雞，我首次看到時還是剛孵出的「雞嬰」，第二次看到時，公的已經「婷婷玉立」，會找母雞麻煩，而母的也可以「傳宗接代」了。嬰兒變成人，好像電影歲月，家禽有知，應該感謝母親的呵護。

母親視雞鴨如子女，大雨天寒冷，她不先保護自己，卻先去照料家禽，將抵抗力差的雞抱進廚房的火爐邊，賜予溫暖，韋恩颱風來的那天，她因此而感冒。冬夜，她為小雞點上電燈泡，這時，她沒想到電費問題。有時在外工作太晚，無法趕回家，一定想辦法打電話通知家人代為飼養，母親好像牢記著家禽的吃飯時間。偶爾有一隻雞不見了，她會遍尋周遭五百公尺，沒找到就連續幾天愁眉不展，希望奇蹟出現，比某次丟了一只白金手環還要「想念」。雞生病，還會買藥給牠們吃，照顧雞鴨勝於照顧自己。看來，做母親的家禽是幸福的。

母親對家禽的關懷，不限雞鴨生前，連牠們死後的「出路」也都考慮了。某次拜拜，預計宰殺一隻雞當鬼神的牲禮，那天傍晚，母親提早回家，抓了一隻公雞綁在屋外的水龍頭下；但不知道為什麼又趕到田裡去，回來時太陽已經下山，她把那隻待宰的雞放了。

「阿母，妳不是要宰，怎麼放了？」我問。

「天暗了，不可宰，明阿載（明天）才宰。」母親說。

「是安怎？」

「晏時宰雞，彼隻雞就不能去出世。」

「你哪會知影？」我又問。

「古早人說的。」

母親不忍雞死時，靈魂見不到陽光而不能超生，因為雞靈會迷路，找不到轉世輪迴台。這是我從未聽過的迷信，心裡暗覺可笑，卻也暗佩母親為雞設想來世的善心。

每天大約黃昏時刻，母親會打開雞舍的門，讓家禽「放風」出來自由活動，她說這樣雞鴨的肉才長得結實，她不懂體育，卻也知道這條運動原理。然而雞鴨隨地大小便，把整個環境糟蹋了，妹妹放學回來，常要踏著特殊的八卦步法以避開「雞屎陣」。為此，一家大小都反對母親養雞。妹妹掃得不耐煩，也沒面子請朋友來寒舍。我每次回家，也一再勸止母親，等這一代雞吃完之後別再飼養了，可是雞生蛋，蛋生雞，繁衍不絕。

「無飼就無得吃。」母親說。

「要吃雞肉，市仔一大堆。」我說。

「自己飼的才好吃，市仔賣的都是吃飼料的肉雞，哪有土雞好吃。聽人講市仔的都有注射。」

其實，母親養雞並非全然為了節約和好吃，家禽長大了，除非年節拜拜，平時她並不殺來吃，她佐菜的倒是她自己以為難吃的市場肉雞，那麼母親是為什麼呢？原來她的辛苦是為了「孝敬」子女，我每次返鄉，母親一定殺雞宰鴨，摻中藥燉補給我吃，她自己只吃尾椎、脖子和贅肉。有時我盛雞腿給她，她又是推托有事先做，做完再吃，等她忙完了，大家也走了，她就把雞腿放回鍋裡，翌日我發現雞腿還在，問她，她則改口推說她不喜歡雞腿，母親何嘗不愛雞腿，只因她的子女更愛吃。

某次，為了讓母親停止養雞，多多休息，我甚至以半要脅半玩笑的口吻說：

「以後，家裡養的雞肉我都不吃了。」

「不吃，阮才來吃，我再買雞肉來給你們吃。」母親說。

我想母親大概要用魚目混珠法，讓我吃土雞肉，於是我接著說：

「只要厝內還有飼雞，桌頂的雞肉不管飼的買的都不吃。」

我此話一出，母親便沉默了。事後，我很後悔，怕傷了母親的心。既然母親不嫌麻煩，也以此為樂，我何必三番兩次地想截斷母親的這份興趣呢！何況我只是「客」，我想我的話實在太殘忍了，幸好憨直的母親並不在意，隔天，當我要離家時，母親又宰了一隻鴨角（公鴨），燉好，要我帶到北部吃。我雖然千里迢迢嫌麻煩，可是我不能拒絕。回到北部寓所，獨自啃著鴨翅膀時，我覺得自己正在享受母親的愛。

無休止的溫暖——懷念外嬤

如果不能永生，至少也得讓外嬤度過這個年。原先我是這麼期望的，然而離農曆年只不過九天而已，殘酷的死神竟毫不商量就奪去外嬤的最後一口氣，使我來不及見外嬤最後一面，因此這個年也成為我的遺憾。

不知什麼時候起，外嬤的鄰居搬來一個走江湖的風塵女，據說以脫衣舞為業。她住在這個純樸的小農村別樹一格，雖與鄰人不相往來，卻常侵犯憨實的草地同胞。大約一年半前的某日午後，這個風塵女把垃圾倒在鄰居的牆角，被我外嬤看到，外嬤勸她用塑膠袋裝起來，等鄉公所的垃圾車來載走，結果觸怒了她，把外嬤這個老弱婦人推倒在地，施以拳腳，並且手持菜刀，揚言有誰多管閒事就要砍誰。不幸的是當天只有外嬤在家，沒有親人及時救援，而旁觀者又懍於風塵女手上的菜刀，以致外嬤身上瘀傷多處，已經無力逕自爬起來，當風塵女進屋後，才有人扶外嬤就醫。事後，風塵女的丈夫登門求赦，希望舅舅不要送官究辦，並賠償了五千元的醫藥費。

某個假日，我返鄉去看外嬤，一聽到這件事，並且目睹外嬤身上未癒的鱗傷時，極為氣憤，一個年輕人怎麼可以向一個七十多歲的老婦動粗！我想著，何況外嬤又沒錯。但事情已了，也只能忍痛。然而，從此以後，外嬤開始受到病魔糾纏。原來，外嬤得了敗血症，風塵女把潛伏在骨髓之內的病蟲打醒了。一年半以來，看到外嬤連連住進醫院，身體越來越虛弱，那時我們已經想到死亡的陰影，只能盡人事，再期盼大夫和死神的搏鬥能夠獲勝，可是既然「閻王要人三更死，不得留人到五更」，天命如此，只好聽之，但不能挨過這個年，是我所不甘心的，因為年節時，我打算帶回我的幼子，也就是外嬤生前唯一的曾孫去給她看的計畫永遠成泡影了。想到這裡，我不禁對那個風塵女生起一股恨意。

「男兒有淚不輕彈」、「哭是弱者的行為」，這些話從小就把我塑造成一個強忍悲傷的人，所以每逢令人悲痛的事件發生時，我總會極力壓抑自己的情緒，而幾近冷漠，尤其是在

眾目睽睽之下。去年十二月十八日星期天晚上，我從台南趕回嘉義鄉下的外嬤家，由庭院看進去，正堂中央已放著棺木，我踏入門檻，看到身上覆蓋著一襲粉紅綢緞的外嬤躺在大廳右側，突然悲從中來，心想：永遠無法與外嬤相見了。

「咁會使看（可以看嗎）？」我問。

「會啊。」舅舅說。

我渴望看看外嬤的最後一面，因為，再過半個時辰，外嬤就要入棺了。當舅舅掀起綢布，露出外嬤的臉時，我的內心激動不已。

「恁阿嬤的面抑（還）真好看。」母親在一旁說。

真的，外嬤的臉比她臥病的時候還慈祥，好像一點痛苦也沒有，並不像傳聞所說的：病死的臉都很蒼白難看。這時，我的雙眼已溼，但我卻努力忍住淚水，不讓它溢出來，更不讓內心的啜泣膨脹成號啕痛哭。我靜靜望著外嬤那似乎只是熟睡了的臉，心中竟幼稚地幻想外嬤的眼睛能睜開來，然而，幻想畢竟是空的。之後，一連幾天的奉厝期間，我數度壓抑悲傷，直到壓抑不了時，才躲到僻靜處偷偷飲淚。然而出殯那天，當泥土覆盡整個棺槨之後，由遺屬做最後的祭別時，我再也忍不住了，我手持一根香，站在墓碑前時，所有的悲傷爆發出來，涕淚與嚎聲夾雜著，而且我的哭聲頓成一條引信點燃了所有遺屬的悲哭。如今我最親愛的外嬤從此與世訣別，長埋地下，我又何苦守著虛偽的理智，掩飾自己真正的心情呢！那天回家後，我如是想著。

經驗裡，讓我深切感覺親情溫暖的人，外嬤是少數之一，除了親生父母之外，外嬤是最疼愛我的親人。小時候，外嬤家與外嬤是我唯一覺得可以得到慰藉的地方。出殯前夕，有一連串的超渡法事：念經、弄鐃、跳牽亡、三藏取經、孝女哭、弄車鼓等，這些都是我所討厭的喪葬儀式。因此當眾子嗣都忙著參與這些儀式時，我獨自走到大廳，撫著已經封好的棺木，外嬤就躺在裡頭，唯一能夠讓我觸摸到的只有這具冰冷的棺木，我第一次體會古人為什麼會撫棺痛哭的心境。這時，很自然的，許多往事便從記憶深處流洩出來……

——在我還牙牙學語的時候，母親帶我回娘家，外嬤抱著我，總是「阿佬」、「阿佬」地喚著，我不懂「阿佬」的意義，但從外嬤微笑的嘴角上，我直覺地感到那是一種疼惜的語言，語調裡充滿親情，至今事隔三十年記憶猶新。

——以後，小學到國中，假日時，我有事沒事，總愛自個兒跑到四公里遠的外嬤家，尤其寒暑假，一住就是五天十天。我覺得在那段生命中最孤獨無助的童年歲月裡，只有外嬤能給我溫情，因為在自己家裡，我幾乎天天受到（內）祖母的責罵，罵我讀書浪費電、責我是光吃不做的米蟲，祖母要我放棄學業，趕快出外做工賺錢。還是小孩的我，心理上總是蒙著一片陰影，因之，外嬤家就成為我的避風港，外嬤鼓勵我用功、升學，給我零用錢，我在外嬤家念書、寫字、學腳踏車、遊玩……都不會遭到厲聲辱罵，即使做錯了事也只是被和善地勸止，回想那段日子真是只有快樂，沒有悲傷。每次要離開外嬤家，心情就會沉重起來，我寧可永遠住在外嬤家。

——我一向喜歡讀書，成績也好，希望升學，但是，在祖母的陰影下，我無法安心準備升學考試，因此，考前最後一個月，我搬到外嬤家念書。那年，只剩外公和外嬤兩人留在家裡，而外公都在田裡的豬寮過夜，因此，實際上這段日子只有我和外嬤兩人。外嬤每天為我做飯、洗衣，為了補給我的營養，還老遠跑到鄰村買魚買肉，專門煮給我吃。她讓我全心念書，毫無怨言，還諄諄告誡我一定要努力，做個好孩子。

某個晚上，飯後，外嬤坐在「戶龍仔」（邊屋）的長板椅上納涼，我也覺得有些無聊，就和外嬤一起聊天，昏暗的燈火下只有我們祖孫兩人的影子。偏僻小村的晚間已經萬籟俱寂，屋外一片漆黑，輕輕搖著葵扇的外嬤格外使人覺得慈愛。於是，我把多年來沉澱在內心的鬱悶盡情地向外嬤傾訴，只差厭世的念頭沒有說出來。最後，我向外嬤探詢有關我嬰年時候的情形。

「阿嬤！阮阿嬤講，我出世以後，阮阿母就無愛我，不予我吃乳，常再把我放咧，家已走返來外家頭（娘家），這是安怎？」我鼓著勇氣問。

「唉！」外嬤沉默了一陣，一定陷入她的痛苦的回憶中：「彼時，恁阿母確實常再返來，因為生你無多久，伊的正手（右手）開始發紅，生一粒一粒疔仔，腫擱疼，無法度跟你抱，也無乳予你吃。恁阿嬤講奚（那）是生粒仔（瘡），糊草藥仔就好，毋讓恁阿母看先生（大夫），所以愈腫愈疼，尾矣無法度，恁阿母才走返來這，我跟恁阿母掣（帶）去嘉義的大病院，先生講若擱拖落去，恁阿母的正手就愛鋸掉，我將恁阿母做嫁妝的四兩金仔拿去賣，讓你阿母開刀住院。」

我靜靜聽著，似乎感受到母親當時的悲憐，同時腦海裡清楚地浮起母親那隻笨拙而不正常的右手，原來手背上那道醜陋的疤痕刻著這段悲愴的歲月。這時，我轉向屋外，看著無邊的夜，因為，我怕被外嬤看到我眼裡的淚水。

「阮爸爸呢？」我問。

「恁爸爸值外島做兵，有一擺，恁爸爸放假回來幾仔日（好幾天），恁阿嬤不准恁爸爸來去病院看恁阿母，等到恁爸爸欲去兵營彼日，才偷走來病院看恁阿母，看了才若哭若行去車頭（車站）坐車。」

外嬤講到這裡，嘆了一聲就停了，在昏暗中，我感覺到外嬤也被往日的憂傷啃噬著。我的眼眶終於噙不住淚水掉了幾滴。不知過了多久，我才開口說出內心的掙扎，真想從此放棄學業，離家去當學徒或做工賺錢。但外嬤安慰我，叫我一定要忍耐：「認真讀冊，大漢才有路用，以後愛友孝恁阿母。」外嬤說。

——十七歲以後，我一直生活在外地，但是每次回鄉，放下行李後的第一件事往往是騎著腳踏車跑去看外嬤，直到外嬤被接去高雄的三舅那裡為止，不過，外嬤也時常回老家，當母親告知我外嬤回老家時，我一定跑去看她，在我還沒就業之前，每次臨別時，外嬤都會給我零用錢，雖然我沒有接受，卻仍然領受到她那從未冷卻的溫情。

屋外做法事的吵雜聲並不能干擾我的思緒。我撫著棺木，想到這些往事，內心又激動起來。我在內心裡輕輕喚著「阿嬤！」，同時幻想外嬤能夠重新活過來，然而，包著外嬤的棺木已經被一層膠漆緊緊封死了，連空氣也無法進出。

一九八四年八月，聽說外嬤也要從高雄來台南參加我的訂婚禮，這是外嬤首次看到自己的親孫將成家，我特別買了一只戒指在訂婚那天送給她。如今這只手戒又回到我的身邊。出殯後，當母親把這只戒指交給我時，我覺得很訝異，為什麼還給我呢？母親說，這是外嬤臨終前交代的，凡是送她的東西，外嬤都當作借她戴著而已，當她死後，物歸原主。不過，在我的心中，原主是外嬤，所以這只戒指應該是外嬤送給我的最後一件紀念品了。我將永遠保存它，就像保存著外嬤給我的愛。

對我來說，外嬤是整個外嬤家的重心，外嬤走了，感覺上，外嬤家似乎突然減少了很大的吸引力。站在外嬤家，除了外嬤的靈位和遺像一直牽引我的懷念外，整棟屋舍瞬間叫人興起蒼涼的感覺，因為姨舅親人都各自搬走嫁走了，小時候與我最親近的事物也變了。只有對著外嬤的遺像，想起歷歷往事，隱隱的悲痛又湧上心頭。唉！我知道，凡是逝去的，至多只是空留回憶，時間會沖淡悲哀，但沖不淡那份溫暖的形象——我的外嬤。

二叔公

小學時，每次行彎腰的鞠躬禮，我總是聽不清第二個鞠躬被司儀喊成什麼，直到某次，我湊巧看到了開會程序單，才知那是「再鞠躬」。我常懷疑，為什麼不喊「二鞠躬」呢？這個懷疑，至今我仍不知答案，倒是「二鞠躬」三個字深深地留在我的心裡，因為當時，我們把它想成「二叔公」，每遇到行鞠躬禮時，我們小孩就會用台語默念「一叔公、二叔公、三叔公」，而二叔公被「異化」了，以致我行「再鞠躬」時，常會想起我的二叔公。

本來我不知有二叔公這個人，我還年幼的某一年，住在一牆之隔的嬸婆家，突然出現一個略為肥胖而面貌憨厚的矮大人，他一來就長久地住了下去。他稱祖父「阿哥」，祖父要我喊他「叔公」，通常，大人要小孩怎麼叫，小孩就會怎麼叫，久了也成了習慣，然而，他家和我家不同姓，他怎麼會是祖父的兄弟呢？我以為他只是鄰居或是祖父的好朋友而已。可是，每逢家中「作忌」，要祭拜祖先時，二叔公他們總是和我們一起拜，兩家公用一間「大廳」，還有共同的祖先神主牌。難道二叔公真的是阿公的弟弟嗎？我有許多年都這樣想。直到二叔公去世後，我才知道二叔公是從母姓，承繼曾祖母那邊的香火。而他長久不在家，原來是到南海島討生活去了。

二叔公憨厚的外表並無什麼特別，只是他的眼睛好像天天睡眠不足，經常紅紅的，糊著一些眼屎，以致祖母和其他鄰居老婦背地裡都稱他「紅目恒仔」。而最引人注目的是他那雙高腳木屐，二叔公的腳掌很寬，所以木屐似乎比別人大一倍，鞋墩約有一寸多高，使穿它的人長高了五公分。高腳木屐用粗痲繩綁著，腳掌踩在上面像踩著兩隻小小的獨木舟，可以凌波而行。這雙木屐的底板不是平的，前後各撐著一根橫墩，走起路來前後顛簸，重心不穩的人一開步就跌倒，而二叔公卻能健步如飛，尤其下雨天，人們躡手躡足，生怕跌倒時，他還是穩若泰山。我曾好奇地要求二叔公給我試穿，但我連站都站不穩，遑論走路了。

二叔公從海南島回來後就當起農夫，耕土耘草從不後人，駛牛車更是高手，他的牛車是現代化的橡膠胎，只有兩輪，速度很快，所以車身震得厲害，但二叔公能控制自如，沒有一輛牛車比他快。

二叔公雖然出海多年，但他的個性絕對「山派」，不菸不酒，不賭不樂，平時很節約，可能出外「溜」（流浪、工作）過的關係，顯得比較精明，做事也不含糊，因之，傳統的中國農村婦女如祖母一般人，就說他「精」或「鹹鰱魚頭」（小氣），可是，我覺得二叔公很好，和祖父一樣會給我糖丸吃，對我總是一團和氣，笑咪咪的。他大概認為我這個孫子是可教之孺，所以常勸我要認真讀冊，將來才有前途。我讀小學的時候，有一次，他說：「不識字，親像青暝牛（瞎子）摸無路，老師在教，要認真聽，字識越多越好。」然後他講了一個笑話。

「古早有一個阿山宋（來自大陸的土包子），專門讀土字（錯別字）。到太保街上，看到『王氏家廟』，你知道他讀作什麼嗎？」二叔公邊講邊寫字。

「什麼？」我說。

「ㄊㄛˋ　ㄇㄧˊㄣ　ㄉㄧ　ㄉㄧˇㄠ。」他說著寫下「土民豕朝」四個字。

二叔公又說那人把「此巷無路」讀作「北港魚跳」，把路口相命館的看板（招牌）上的「真人」讀作「直入」，最可笑的是把「何瑞奇醫科」當作「阿瑞哥醬料」。

「結果，跑進醫生館說要買豆油（醬油）。」二叔公說。

我聽了哈哈大笑，連忙說：「哪有那麼憨的！」

「無嗎？有人讀冊讀一世人都不曉寫ㄙㄞ　ㄊㄤ　˙ㄚ　ㄅㄤ。我考你，你寫ㄙㄞ　ㄊㄤ　˙ㄚ　ㄅㄤ看看。」

我被這麼一考也楞了，這個詞雖然不雅，但我確實不會寫。可是我不甘承認，就寫下「大便桶板」四個字。

「不對。」

接著二叔公寫下「屎桶板」三個字，並且解釋說「人吃米，放屎；人飲水，放尿。要記住米和水就不會錯了。」

那時，我只學過「便溺」和「糞」，並不知道有「尿」和「屎」兩個字，聽了二叔公的解釋，覺得很有道理，心想二叔公真有學問。

我的印象裡，似乎沒有二叔公生氣的紀錄，祖母說他「精」，但我卻覺得他很隨和、慈祥，不會打罵孩子，即使有一兩次被我捉弄了，他還是不慍不火，平日中午，二叔公都躺在公用客廳的單人竹眠床上小憩，當他睡熟時，會打著輕微的鼾聲，嘴巴也微微張開，看似想吃東西的模樣，又貪又蠢又好玩，於是我突懷鬼胎，削了一小塊一小塊的甘藷，想偷偷地放入二叔公的嘴裡，我想：二叔公醒來後，發現嘴裡有甘藷，一定以為夢中吃的，可是作夢怎會是真的呢？二叔公應覺得奇怪，我倒是可以暗中竊笑。第一次我沒丟好，失敗了，第二次，甘藷碰到二叔公的嘴唇時，我的手突然被抓住。「哦！抓到了。」二叔公笑著說，「猴囝仔咧！手癢。」然後放開我的手，繼續他的午寐。還有一次，我用雞毛搔癢他的鼻孔，他醒來後看到我，也沒有責罵，轉個身又睡了。也許二叔公疼我，所以不忍心懲處我這個小孩子。

二叔公確實是疼我的，我讀國中時成績一向名列前茅，我希望參加聯考，所有師長也一直企盼著，但是由於家境貧寒，祖母一直鼓勵我就業，趕快出外賺錢，而二叔公卻鼓勵我升學。那時，我陷入極大的矛盾之中，最後一個學期，總是在升學與就業間反反覆覆，意志飄擺不定。每當晚上，我獨自打亮十燭光的燈，翻開書本時，祖母的罵聲就來了，祖母罵我浪費電力，「大條牛，要吃不賺……」，我的心靈承受著萬斤痛苦，於是二叔公的家成為我的溫慰的場所。那時，他家已經起了新厝，是間鋼筋水泥的平房，就在我家後面。晚間，我帶著書本跑到二叔公家裡讀書。可是田莊人都是很早就寢的，二叔公他們自也不例外，這時，我只好到門外，站在電線桿下，借著台電的光K書，有如古代的車胤和匡衡。某次，大概因老人夜尿而起吧，二叔公看到我「為書風露立中宵」，問我何苦何故，我敘說我的情況後，他立刻說：

「來叔公家讀吧！要睡時記得切火（關燈）就好。」

那時，堂姑堂叔都離鄉在外，二叔公特別給我一個大房間，配上四十瓦的日光燈，亮度十足，讀起書來很安靜，再也不用耽心會被咒罵了。我由衷感謝著叔公和嬸婆，我發憤用功讀書，一定要金榜題名，然而此事維持不久，我的意願改變了，因為：有一次放學回家，就聽說長年受僱農藥行為人噴灑農藥的父親中毒了，被緊急送到嘉義的大病院，由於曾聽說村裡的某人因農藥中毒而亡，夜裡我格外耽憂，心中暗暗祈禱天公保佑，幸好父親隔日出院回家了，我總希望父親只要噴灑自家少許的稻田就好，然而貧窮和勤奮只能使父親繼續浸在危險中。又有一次，想來應是某個週末，中午放學回到家就看到父親躺在床上休息，這現象不合乎父親當時的作息習慣，那時父親通常大清早就出門工作，總要太陽下山才回家，當日原來父親病了，早上在某戶人家的田裡插秧時，肚子痛楚難忍才提早回來，藥已經吃了，但我隱約聽到父親輕微的呻吟，我想一定很痛，因為一向堅強的父親不曾喊過痛，如是到傍晚，突然聽父親大聲哀號，床板並不斷發出砰砰的聲響，是父親激烈滾動身體捧著床鋪的聲音，家人連忙到「電信局」打電話叫車把父親送到醫院去。我心裡本來就有趕快幫助父母挑起貧窮重擔的想法，卻也很喜歡讀書，但經歷這兩件事後，便忍痛決定畢業後到台北當學徒，於是我不再上二叔公的家，也不敢把原因告訴他。

就在我即將畢業的時候，某日醒來聽說二叔公病倒了，已經送去醫院，而且又從嘉義轉到台北的仁愛醫院。我走到二叔公家，不知說什麼好，因為嬸婆她們都在悲傷之中，結果嬸婆告訴我：「你叔公打算買一支電風給你吹，你就沒再來了。」我無言以對，我想二叔公一定以為我覺得他家燠熱，所以才不再上他家讀書。我感到很羞愧，但我只能沉默。

原來，二叔公得了肝癌，我聽說他已瘦得剩下骨頭。我無法遠赴台北看他。不過，我已決定離開家鄉，也和同學商量好，畢業後到台北當木工學徒，那時，我就可以到醫院看二叔公了。

七月，我沒參加聯考就隻身背著行囊，坐了八小時的火車到台北，前兩天睡在工廠的地板上，翌日黃昏，我在東園街一〇一巷的小房子裡找到了叔叔，當夜睡覺時，叔叔告訴我他今天剛去看過二叔公的情形：

「我們家雖窮，但你會讀書，應該繼續讀。」叔叔說。

「……」我無言，我怎能把我的苦衷說出來呢！

「你知道你叔公在仁愛醫院嗎？」

「知道，還沒去看他。」

「你叔公已經知道你來台北。」

二叔公怎會那樣快就得悉我來台北當學徒的消息呢？我想著。我到台北後，反而不敢去看他，因為我對不起他。

「他聽到你沒讀冊（沒升學）。」叔叔接著說，「當場落下眼淚，你知道你沒讀冊，給人家多傷心嗎？」

這時，我默默飲泣著，側過身，背對叔叔，生怕眼淚洩露了我的悲傷。我想著，我成了罪人了，我的決定讓一個罹患絕症的病人感到失望。於是我想回家升學，雖然只剩下高職聯考，也一定要完成二叔公的期望，我在心裡禱告上蒼，不要奪走二叔公的生命。

就在放榜後的幾天，二叔公出院

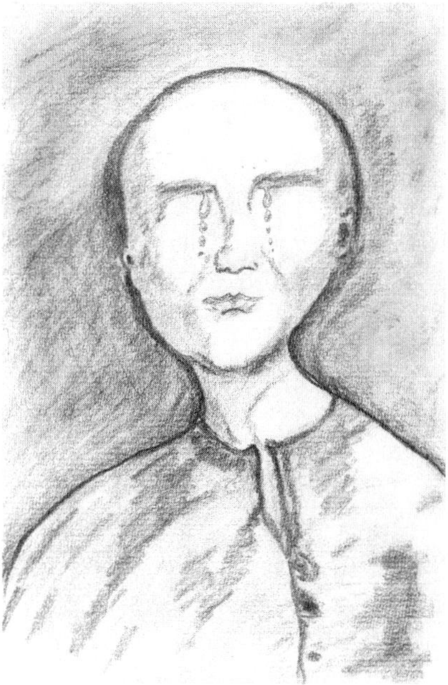

了，回家休養，我很興奮地跑過去，向臥在床上的二叔公說：「叔公，我考上了。」二叔公微微轉過頭，張開很小的眼睛看著我。他那無力的眼神已看不出喜悅的痕跡，可是蒼黃的臉上淡淡泛著一抹紅光，我以為二叔公的病已經痊癒了，只待加以時日療養，就會恢復以前粗壯的體格，哪裡知道這紅光是因為聽到我考上省立學校才泛起的，而他的病情好轉也只是一個慈祥老人夕陽臨下前的迴光返照而已。

一個月後，二叔公駕鶴西歸，在一片祥和中安息了。我看著他躺在客廳右側的地板上，心裡無限悲痛，想著，二叔公好像專門等待我升學了才甘心撒手的。他那露在白布之外的臉彷彿還喃喃地叮嚀著我說：你要認真讀冊，將來才有路用。然而這只是我的回憶罷了，躺在地上的二叔公，靜靜地緊閉著嘴唇，什麼也沒說。我真希望他的嘴巴微微張開著，這樣，他就是睡著了而已！

二叔公沒有任何不良嗜好，竟會因肝癌而死，真是天地不仁，以善人為芻狗。他辛苦一生，五十九歲，最後仍不能看到兒女成家，如果他有遺憾的話，這應該是他的最大遺憾。可是他死後那種臉神卻是無怨的。他真的升天了。我想。

每次回鄉，走進嬸婆家，我總會面對二叔公的遺像沉思良久，然後深情地敬下「一鞠躬」，再想彎腰時，那股小時候極難獲得的溫暖，就會燙熱著我。

和阿公聽拉即哦的日子

要是沒有發明收音機，我不知道阿公將如何排遣他的日子。阿公成天溺著收音機，這是我小時候就有的印象。那時代收音機跟腳踏車一樣，都需要掛牌（領執照），雖然已經很普遍了，但還沒到家家戶戶都有的程度，我家正好有一台，就放在大廳的牆壁上，只有大人才摸得著，這一台差不多是阿公的專用，記憶裡，要聽什麼節目，好像都由他主張，當然也只有阿公才有閒情去聽收音機。

那台收音機大約一尺長、半尺寬，大人叫它「ラジオ」，那時我不知「ラジオ」是日語吸收英語（radio）後，再傳進台灣變成台語的名詞，只覺得這名稱很奇怪，問人家怎麼寫，沒人知道，我就自己想，由於每次只見阿公伸手動一下上面最左邊的圓鈕，這個長方形的木匣子就發出咿咿哦哦的聲音來，所以人們才叫它「拉即哦」吧？此後有一陣子，我和小學同伴一起聽收音機時，就向他們炫耀我會寫「拉即哦」並寫給他們看，那時憑我的成績，他們也都信服。

阿公愛聽的節目很多，歌仔戲、布袋戲、廣播劇、報告新聞、說書講古、歌唱比賽等等，

4 5 6 7 8 9 10 11 12 13 14 15 16 17 18 19

其中說書是他的主要興趣，《水滸傳》、《封神榜》、《三國演義》都是一聽再聽的故事，其他如「廖添丁傳奇」、「嘉慶君遊台灣」、「白賊七」、「邱罔舍」等等也是阿公喜歡的台灣民間故事，就算講古先生換了、劇情與結局也知道了，他還是百聽不厭，最後好像他是在鑑定講古先生有沒有胡說亂蓋。當時小小的我也跟著阿公接受這些有聲文學的薰陶而養出興趣來，後來阿公發現我和他臭味相投，不但允許我使用他的收音機，還指導我如何操作，當然，我得踮高椅子才搆得著。

這個木匣子竟能講話唱歌，而且不只一個人的聲音，我覺得很不可思議，為此，我曾經懷疑收音機裡住著一群小小人或小精靈，好幾次，趁阿公不在時，我把收音機搬下來仔細觀察，由於害怕裡面真有小精靈，起初只敢從縫隙窺視，但裡頭烏漆嘛黑，只見似有紅點在閃爍，每次我都不敢偷窺太久，耽心被小精靈發現，用針刺我的眼睛就慘了。直到有一回，我忍不住蠢動的好奇心，甘冒危險也要探個究竟，就站遠些又小心翼翼地打開後罩，但只看到幾條電線和一些奇模怪狀的玻璃管子，起初我還猜想小精靈大概都藏在真空管裡，發現保護罩被打開，便立刻化身不見。為了證明我的猜測，我將開關轉亮，收音機照常咿咿哦哦起來，才自忖自己的想法大概錯了。

既然找不到答案，自然就要問個緣由，有一次，我問阿公：

「阿公！拉即哦是安怎會講話？」

「是電台放送的。」阿公說。

「電台在拉即哦裡面嗎？」

「不是，電台在嘉義。」

而到底電台是什麼？為何電台在嘉義，遠在鄉下的我家卻能收聽到，阿公就語焉不詳，只說靠「電波」，但電波是什麼？阿公也不懂了。

此後，我對收音機的好奇轉移到電台，想著長大後，要去城裡找收音機自稱的「正聲廣播公司嘉義公益電台」或「中國廣播公司嘉義廣播電台」，看看電台到底是什麼東西、長什麼樣子。幸好這個願想不必等到我長大就實現了，應是在我小學二或三年級時，祖母帶我這個大孫子前往嘉義市區的姑婆家作客，恰逢當日下午，中廣嘉義台有她們愛看的歌仔戲節目，聽說電台為了慶祝什麼日子，特別開放大門讓民眾到現場看，於是我也跟著三姑六婆去了，我們走了很遠的路才到，我看到電台原來是一間有著一面透明大玻璃窗的房子，窗前空地已擠滿人，而屋裡坐著一群男女又說又唱的樣子，還有人負責彈奏樂器什麼的，當電台裡的人有動作時，裝在電台外面的一朵綠色的大喇叭花就同步發出聲響，正是和我家收音機播出的歌仔戲一模一樣，幾種音色就是我所熟悉的。這就是電台，有人在電台講話唱歌，我家那個木匣子才會講話唱歌。我想著，同時想起阿公說的「電波」，難道電波才是精靈，可以傳千里？這個電波之謎還是幾年後我讀國中時才覺曉。

阿公幾乎什麼節目都聽，其中歌仔戲與阿嬤分享，布袋戲和我共聽，武俠劇經常屬於我，歌唱比賽則是全家一起享受。記得當年「中廣嘉義台」有一個頗受歡迎的節目叫《情人歌聲歌唱擂台》，每週一次，大約在晚餐之後的時段現場播出，時間一到，不只我家族的大大小小會聚在收音機前，大概全村子的每一隻耳朵此刻都會接收這個節目，特別是吾村有青年去參加比賽時。葉啟田是吾村出身的「寶島歌王」，二十年前就紅遍台灣，也許因為葉啟田的緣故，當時吾村青年都很喜歡唱歌，會報名參加比賽的有好幾個，住在我家前面的何添發就曾取名「何一青」去打擂台，還擠進準決賽，當他贏時，眾人一起鼓掌呼氣，呵⋯⋯；當他輸時，眾人同時惋惜洩氣，唉！灌飽的氣球消風了。這情形當然也不限於吾村青年出賽時，這段時間大家有著相同的脈動，可說是全家最快樂的時候。

從我開始有記憶以來，阿公有空聽收音機的時間越來越多，收音機的體積也越來越小，當一款可以放在衣袋的袖珍型收音機出土後，可說除了睡覺之外，阿公的身邊隨時都有收音機的聲音，就算人已靠著椅背大作鼾聲時，他的收音機也還不歇睏，常要我替他關掉，他的小收音機才能休息，如果由阿嬤來關，阿公總免不了一陣譏諷，被罵「討債」（浪費）。

我的小時候，聽拉即哦的日子大多是和阿公一起過的，這種日子直到我國中畢業，進縣城讀師專才結束，雖然我已無法再和阿公一起聽了，但是我知道阿公仍然離不開這個方方角角的伴，每次從城裡回到家中，次日清晨的酣夢往往被阿公的收音機摧毀時，我會在心裡嫌怨阿公

「吵死人」，後來知道阿公是歲數大了，耳朵開始重聽，才會把收音機從講話轉成叫嚷，我也只好跟著當早起的鳥兒，不會見怪阿公。

現在阿公已經老得要靠拐杖走路，步伐小得連他以前最常去的店仔頭、恩主公廟、老人會都走不到了，在家裡自己住一間，聽覺已鈍得幾近耳聾，更需要拉即哦和他作伴，每次我回故鄉，都看他孤孤單單地坐在床頭聽收音機或看電視，我都會過去大喊一聲「阿公」，拿些水分較多較軟的東西給他吃，有時心裡也想再和他溫習小時候一起聽拉即哦的日子，但我的耳朵實在支撐不了，只好讓阿公獨自在那兒回想他的青春歲月，只是，不知阿公是否還有心情懷念？

血在火焰中流——記外公

「阿公！」我望著外公病弱枯萎的身子。

「奚孰（he zi 那是誰）？會認得否？」大舅媽大聲問著外公。

「奚孰？會認得否？」大舅媽又一次大聲問著外公。

外公看一看我，沒有回答。

「阿公！我啦！」我把聲音放大。

「伊是孰（他是誰）？你會認得否？」三舅補問一句。

我下意識地以為外公也許神智不清了，否則他們不會像測試一個三歲幼童般問著一個老人。

「敏吔啦！我哪會不知？」外公說著，那語氣聽來好像在證明自己仍然記性健全，別這麼看扁他。

這是農曆大年初二，我最後一次見到外公時的片段故事。他還活著，但已經病得無法站立了，雖然還認得我，叫得出我的小名，可是聲音實際上已經孱弱無力。回家後，母親耽憂外公恐怕熬不了一個月，真的，學校開學不久，居鰥纏病多年的外公就撒手西歸了。

很久以來，我一直認為老弱病死乃是大自然的常態之一，無需特別慎重其事或格外傷心，每次看到喪家那種鋪張的葬儀，總覺得沒必要，甚至以為那些都是虛殼與迷信的形式。但七年前外嬤過身時，我非常悲慟，法事雖繁，仍然像內親一樣全程參與，因為對外嬤的愛使我不在乎這些無害的迷信，雖然我還是不信烏頭司公的種種葬儀真有所謂「超渡」、「引魂」、「開路」、「過橋」……等情事，但我發現這些儀式正構成我與死去的外嬤間，得以最後一次且那麼真實地做著「親情總溝通」的橋梁。因此這一次外公去世，雖然父親和二舅在電話中都認為我若是有事無法返鄉奔喪也沒關係，但無論如何，我決定回去。

外公給我的印象和感覺都不如外嬤那麼熟悉、親切和溫暖，記憶中他好像不曾給我零錢、小吃或其他東西。小時候在家鄉時，我雖然常到外婆家，但不常見到外公，偶爾見到，也沒機會相處，自然無緣和他聊天「開講」，因為很快又看不到他的影子了。後來我才知道外公之所以不常在家，並非他比人努力耕耘，日夜守著田園，而是興好「跋繳」（賭博），農忙時一有空就往賭窟跑，至於農閒時節，便是「家非家，賭為家」的狀況了。

我的孩提印象裡，外公家雖非大地主，但和我家比起來絕對好得多，因為我家是土牆老厝，最怕連宵雨，田地寥寥數塊，餐桌數月不見魚肉，但外公家是有籬笆圍住的宅院，而且新屋磚牆石灰壁，厝身（主房屋）外牆抹上當時最時髦的彩色細石，大廳內外的梁柱和牆壁還繪製了幾幅藝術化的字樣與風景圖，看來美麗極了。另外田地廣闊（我當時的感覺），種稻又植蔗，有果園、魚塘又有養鴨場，這在當時算是小農中的大戶了。然而到我國中畢業，稍懂人事時，卻發現外公家寥落許多，原因是外公把大半家產輸掉了，而且為了保住部分家業，害得外嬤必須四處求告與借貸。

我曾聽母親說，村人風傳外公賭博的方式與趣聞，他總是越賭越大，固然輸多贏少，贏的時候也不忍心收手，手氣好時，他往往把本錢連贏金合併押注，即使接續滾贏數次，也在最後一次輸盡。當他輸光時，能當場借就繼續賭，借不到便瞞著外婆跑去向親戚借，借到錢又馬上趕去輸錢。有一回，賭到最後，不甘心輸，便把那隻平日用來耕田拖車的水牛也押下去，結果隔天人家就來把牛牽走了。這頭牛多麼溫馴，是我這輩子唯一騎過的一頭牛，以前一直不清楚為何外公家會突然看不到牛，現在想來，真是惋惜！

外公一生嗜賭如命，估計起來，他除了病臥醫院以及死前臥病家中這段日子之外，幾乎無日不想到賭，只要他能走動、還有一些錢，並且賭局開著時，賭場便是他的休閒處。有一年三舅帶他到高雄跟外嬤一起住，用意便是要他戒賭，但老人住不慣城市他鄉，又苦於缺乏賭伴，只好讓他回到鄉下，既然無法使他收手，舅舅、舅媽等只好通知眾親友，千萬不要借錢給他，縱使給他零用錢也不要多到可以構成最低賭金，而逢年過節，不以金錢孝敬也不會被認為不孝。去年春節，我去看外公，事前二舅媽就囑咐我不要給外公紅包，否則反而害他到賭場守歲而已，雖然我還是給了，但勸外公應該注意身體，不要去賭博，外公說他不賭了，只是我心中也不敢相信他真能抗拒「木賊」、「十模仔」、「輪骰仔」的誘引。

嗜賭，大概就像吸毒上癮那樣很難戒除，不但使外公賠掉家產，也使他賠掉健康，更使他賠掉作為一家之主應有的尊嚴、地位與為人父祖應得的尊敬，而最嚴重的是使他賠掉不少親情。我發現外公與他的所有親戚都關係冷淡，連直系內親的子孫輩都看輕他、不大理睬他。到了晚年，反而必須自己煮飯做菜，一個人孤獨地住著破寮，我感覺外公家的子孫輩好像不覺得家裡還有外公存在似的。這一點我曾經在內心裡怪罪舅舅們，但我想可能有什麼緣故，人家才會如此對待他。想來外公一生少有含飴弄孫的天倫之樂，晚年尤其悽涼，這大概是外公自己造成的。

外公寂寥的一生終於走完，享年八十，應屬長壽，只是他的大半生都很悽涼。這一回，自然地，親戚們沒有像七年前外嬤病逝時那樣悲傷，包括我自己，除了覺得此後再也見不到外公而有一點傷感之外，心中並無悲痛的衝擊，不像外嬤被埋葬的剎那，使我放聲痛哭，又此後好長的一段日子經常一個人在夜半想著外嬤而嚎哭不已。真的，外公與子孫間的感情是這麼淡。

那天出殯之後，所有非外公的直系內親在完成奔喪後，都各自離去，我也回家。可是到了晚上，我突然覺得有些失落，心中彷佛感到尚未完全送別外公，另外想到長年未見的親人難得此刻都聚在一起，於是又帶著兒子和小女兒去了。

最後一段的法事正在進行，我把已經睡著了的小女兒留在車上，喚兒子一起加入遺屬中，持香默聽道士念經，我兒子覺得無聊想離開到一旁去玩，我說：「你是恁阿祖上大漢的矸仔孫（曾孫），干單（只有）你會行會坐、會當送恁阿祖爾，阿祖看你值（dit）這會真歡喜。」

這次儀式比外嬤過世時簡單了許多，沒有「三藏取經」、「弄鐃」、「走赦馬」……等。念經超渡之後就是送別亡魂平安走過「奈何橋」，眾遺屬跟隨道士環繞法場數圈，然後象徵性地踏過一張長板凳，喊著「阿爸（阿公、阿祖）！過橋」，這時我彷彿感到外公真的離開陽間了。最後是「燒庫錢」，代表眾不孝子孫此後無法再承歡奉侍，所以焚寄冥錢與紙厝給死者在陰間享用。道士吩咐眾人拉起一條繩索圍住那堆疊好的「庫錢」，照習俗，只有死者同姓子嗣才需要參加這個儀式，此時有人說我和我兒子非陳姓子孫不必參加拉繩子，但我說我也是外公的孫子，而且在血緣上是真正的長孫，也該參加。

火從「銀庫」下方燒起來，火勢漸旺，這時我才看清楚，原來外公生前最後穿著的那套衣服也放在紙堆上，要一併燒去。這套衣服是多麼熟悉，灰上衣、黑長褲。最近幾年，每次見到外公，他好像都穿這套舊衣服，尤其那頂白扁帽，至少戴了十年。睹物思情，外公乾瘦的形影便浮出我的腦海。去年夏天有一次，我在嘉義街頭突然看到他踽踽獨行，手上提著一尾魚，心中頓感外公可憐，連忙追過去。

「阿公，你來嘉義做什麼？」

「無啦。」說著，似乎還有意閃避我，我便跟著他走，希望能幫他做點事。不久走到一家超商門口。

「阿公，看你要什麼我買給你？」我說。

「免啦！我有錢咧啦。」說著，轉進這家超商。

我就站在店門口等他，準備替他老人家付帳，可是外公繞一繞，轉頭看我還在，沒有買就走出來，然後逕自走到對街的公車站去。也許外公認為我是外孫，不好意思接受我的資助。想著想著，懊悔當時沒有主動買些日用品給他，或給他一點零用，我竟然悵悵地望著外公日漸枯萎的背影消失在人群中。現在想來，或許外公已經不寄望親情的溫暖了。

火舌隨風勢擺動著，不久延伸到外公的遺物，當那件衣服開始燒起來時，我突然覺得有一股熱流從心中冒出來，流向火焰，啊！那是血緣，一條無形河。於是我不斷注視著外公衣服上的火焰，彷彿看到自己與外公間的這道血緣在火焰中燃燒，滾燙的血緩緩流著，從陽間流向陰間去……

雖然外公出殯至今已經三個月了，可是那火焰仍然清晰地印在我的心中，它使我想起外公以及他興賭的一生。記得那夜回家後，母親感傷地說，「恁阿公自少年到老，干單（只是）顧人怨，他也活得無快樂，今仔（zim-ma如今）死了，對伊來講也算是解脫。」一了百了，但願外公是真的解脫了。

收藏一撮牛尾毛

新居落成後的第五年，屋子背面那間老柴房終於要結束年邁的生命了。當初拆掉舊房子時，許多過時的農具和器物，家人不忍丟棄的，都存封到柴房裡，其中，也有他讀過的舊課本和收藏多時的童年玩物。有什麼東西呢？他忘記了。

十年不曾打開的門扉早已腐蝕，門上的鎖頭已經綠斑點點，生滿銅鏽，一向由祖母保管的鎖匙早就遺落，他用力一踹，整片柴扉便摧枯拉朽般破裂而傾頽了。他走了進去，開始檢視那些覆滿塵埃、結滿蛛絲的古董。他知道，這裡收藏了不少他的童稚歲月，所以他必須在柴房被夷平之前，趕緊找尋回來。這次返鄉省親，恰好能看到老柴房的最後一面，他的父親想搭蓋一座鐵厝，以便停放插秧機。

一個裝滿玻璃彈珠的鋁罐；一盒圓形的尫仔標（紙牌），起碼也有三、四百張；一串五、六尺長的橡奶（橡皮筋），像辮子似地盤在牛奶罐裡，然而絕大多數都溶成粉屑了；五粒干轆（陀螺）；一副自製的樹椏彈弓；還有一箱被蠹蟲蛀得千瘡百孔的舊書籍。

他很快就想起這些東西所代表的往事，但是當他掀開一個厚紙匣子時愣住了，這是什麼？他努力探索著記憶深處。

二寸見方的紙匣子裡，放著一撮鬈鬈的毛髮，黑色帶灰，有一些毛髮還纏捲交結在一起，上面沾染稍許淺綠的雜物。他輕輕地碰觸一下，這是什麼？自己的頭髮嗎？誰的鬍鬚？這麼粗又長！「我怎會收藏這東西呢？」他狐疑著。

毛髮上的雜物很像乾掉的牛屎？啊！就是牛屎。他知道了。

牛毛，沾著牛糞的牛尾毛！收藏一撮牛尾毛！

於是，老牛的影子從褪色的記憶中漸漸凝結起來。

那是十五前的事了。國中畢業那年的夏天，正當所有名登金榜的學子興高采烈的時候，他卻陷於升學與就業的泥淖中。就業，或者當個學徒，可以為父母親的錢袋縫補幾針；若是升學，無異把自己的重量繼續加在父母肩上。

某夜，他對父親說：「爸爸，我想要和享仔伊們去台北學功夫，免再讀了。」他的父親不置可否，只用一種悲哀無奈的眼神看著他，那眼神充滿無以名狀的愧疚，因為他的未來握在掌管一家經濟的祖母手中，而祖母是要他放棄升學，出外去工作。父子兩人心照不宣，但都知道貧窮是一把利刃，緊緊插在他們的心坎上。如果沒有堅強的韌性，必然無法抵抗這把利刃。他想：父母每天比太陽早出，又比太陽晚歸，如此奮身於田土間，也只能用貧瘠的三餐養活一家九口，這是善感的他早就清楚的，如今有機會可以自立了，怎忍再讓雙親增加拖磨呢？

「你若要讀，爸爸和你阿公也會給你讀。讀冊，才有出脫，古早人講的，青瞑牛，行無路。」隔了半晌，他父親才說出這句話。

第二天早晨，他到同學家裡商討北上學藝的計畫，他已經下了最後的抉擇。但是這個決定一到傍晚，就被老牛給推翻了。

牛毛！收藏一撮故鄉的牛尾毛！

這一天，他父親回來得比較早，天還未暗，已經在牛稠裡餵食老牛了。食物異常豐盛，把他當天割回來的青草全部投到老牛的腳前，還有五束甘蔗葉，這是老牛兩天的戶內食糧啊！難道父親忘了嗎？

說來，這頭老牛已經是他家的一分子，從他有意識的那刻鐘起，就知道他家有這頭牛

了。曾經幫父親犁過廣大的田野，早春仲夏，一畦又一畦；也曾經拖運過農場豐收的甘蔗和滿載結實的禾穀，一車又一車。枷鐵鎖在牠的鼻孔上，不管路途多麼遙遠、多麼崎嶇，命運總是死握著驅策的韁繩不放，藤條捶在牛臀上，一鞭又一鞭。

「ㄏㄚˋ—ㄏㄚˋ！」，和著父親的喊聲，為的是免於「懶爛神」附身牛體。烈日下，一路淋淋漓漓，分不清淌落地面的是苦汗還是父親潑下的清水。十二月天，牛全身豎起黑毛，毛上沾了晶瑩的小露珠，嘴邊連連呵出清冷的白霧，一大早，就追隨父親穿越嚴酷的寒流。牠的肩背，扛著他家大小的生計。這些，牛，從幼年到老年，幾曾埋怨？而埋怨的卻是受惠的他。

他仔細端詳著紙匣子裡的牛尾毛，碎裂的記憶又被拼湊起來。他記得小時候，每天放學回來，都要和小堂叔到野外刈草。當別家小朋友在堆滿草堆的公地上玩「掩咯雞」（捉迷藏）時，他卻必須到河畔割取菅芒雜草，直到日薄西山，夜幕漸漸低垂時，才挑著兩束幾乎和他一樣高的糧草回家。

他曾想：若是沒有這頭牛，該多好，不用割草，可以和享仔他們一起遊戲。那時，他希望阿公和父親能賣掉這頭牛，從未想到全家人的肚子，一半要靠牠才能免於飢餓。想起這些往事，他覺得自己當初的埋怨實在太自私了。

牛毛！收藏一撮乾枯的牛尾毛！

此刻，牛的影子已經很清楚地印在他的腦海了。那時，他以為這是世界上最大、最有力的動物，然而，卻那麼溫馴聽話，多少次，走在野地裡，甘心成為他胯下的奴隸，使他幻想自己就是古詩裡的牧童。牧童歸去橫牛背，短笛無腔信口吹。又有多少次，載著他橫過村前的池塘、渡過村後的急流。肩耕多年，牛的頸項已經結出一團乾枯而韌強的死肉，這是被他家的生計日日不斷壓迫的象徵。作為家中的一員，有牛樟草吃牛樟草，有蕃薯葉嚼蕃薯葉，沒有飼料，就喝米糠水，牛，幾曾埋怨？

在他有意識以來，老牛懷過兩次胎，生下兩頭可愛的小犢。可是每回都在來不及長大、來不及分勞母牛的辛苦之前，就被他家的貧窮出賣了。他記起老牛舔舐小犢的情景，老牛伸舌頻頻吻著小犢的臉頰，然而，深深的母愛被迫攔腰截斷，老牛也沒表露內心的痛苦，隔天還是下田去。唉！他嘆了一聲。

當第二隻小牛被賣走後，他看到母親好幾次提著桶子蹲在母牛腹下擠奶，那時，只剩下涓滴細流，白色的乳汁散發一股腥味，腥味裡夾雜著淡淡的草香。

「阿母，妳擠牛奶要做啥？」他問。

「予紅嬰仔食。」

那年，他的三弟才四個月大。

「可以食嗎？」

「嘿！真補。你小時也吃過。牛剛好生頭胎，今仔是第四胎。」

當他想起母親這句話時，心裡深深地感動了。「原來老牛曾經是我的奶媽！」他想。

牛毛！收藏一撮溫暖的牛尾毛。

確實，當初有些牛尾毛就掉落在那簇還緩緩冒著熱氣的牛糞上。

那一天，他正為父親的早歸感到高興，在他心目中，父親也是一頭牛，只要能早一點休工，他就有所欣慰。但是父親為什麼把全部的草葉都拿給牛吃呢？明天，叫老牛吃什麼？於是他走到父親和老牛的身邊。

「爸爸！這隻牛在我們家幾年了？」他問。

「哦！差不多有二十幾年了哦？記得是我國校畢業，你阿公買一隻牛給我飼的，好親像二十六年了。」

然後，兩人都默默看著老牛吃草。老牛和往常一樣，慢慢嚼著，並不因為眼前的豐盛而狼吞虎嚥。

「什麼時陣註冊？」他父親轉過頭來問道。

「我和明享仔講好了，要去台北伊阿姑那裡學師仔（當學徒）。」他說。

「你要再讀，有錢給你註冊了。」

「……」

原來，這是老牛在家裡最後的晚餐。阿公和父親已經決定用這隻老牛的生命，來為他的升學超渡。那麼，這隻全家唯一有價值的動產就要賣了。

「不要緊，牛太老了，犁頭也駛不行了。唉！」他父親說完站起身，撫摸著牛背。顯然，父親是依依不捨的，從父親的動作裡，他看到痛苦的形狀。二十年共患難的生涯，臨別時刻，怎不令他父親酸楚呢？然而老牛似乎還不知道庖丁已經在等牠了。

牛毛！收藏一撮悲痛的牛尾毛。

他望著老牛削瘦的皮骨，黑黝的軀體上毛髮稀疏，想必牙齒也敗壞了，否則怎會嚼得那麼慢？頸上的繭不是更厚，而是更皺，歷歷然都是在他家挨度二十年滄桑的紀錄。牠是真的老了，但是老了非但不能安享天年，還得為他的學業犧牲。突然間，他發現自己對老牛也有一股深厚的親情，怎麼朝夕相處十六年都沒感覺，而在臨別時刻才爆發出來！太遲了。

老牛躺臥下來，似乎是吃飽了。今天這麼早就能休息，還有豐盛的晚餐，老牛的心情一定很愉快，但牠是否知道天黑以後的命運？

天色剛剛暗下來，他的祖父帶著一個陌生的胖子來到他家。胖子低身闖進汙穢的牛棚，和他父親交談幾句，其中也有嫌怨老牛太瘦無肉的字眼，說完就彎腰解開木栓上的繩結，緊張而粗魯地想拉起老牛。

「ㄏㄚˋ！起來！ㄏㄚˋ！起來！這樣笨惰！」然而老牛愛理不理，並不服從胖子的命令，表現出從未有過的反抗精神，直到他父親也喊一聲「起來」時，老牛才慢吞吞地站起來，可是蹄腳好像生了根，半步也不離開土地。

是的，這是老牛的家，為什麼天黑了還要牠出門？而且讓一個不懂禮貌的「生分人」來牽引？老牛轉頭望著老主人，那眼神像要流出一道哀憐的河，他父親只好走近，溫和地撫愛老牛的背，哄小孩般誘牠前行，但是老牛依然有些不情願。

「ㄏㄚˋ——駛恁娘！」胖子終於不耐煩地叱吼起來，隨著那聲吆喝，高高揚起的藤條已閃電似地抽在老牛的背脊上，瞬間，他覺得這一鞭也同時擊中他的心。只見老牛「不－不－」抖擻著屁股，就在劇痛之下，不由自主地噴瀉出一道最後的糞便，尾巴在背上甩了一遭。這時，他突然高喊一聲：「等一下」，跑進屋裡又快步走出，手上多了一把剪刀，來到老牛背後，抓著牛尾巴的末稍迅速剪下去，老牛恰好又甩了一下尾巴，把一些牛毛甩落到牛糞上。

「少年吔，你鉸牛尾毛欲創啥？」胖子的臉色由驚異變好奇。

「無啥，作紀念爾爾！」他說。

「欲愛，再鉸啊。」胖子說完，他又小心翼翼地剪著，生怕傷到牛尾巴的皮肉，老牛也似乎樂意讓他剪的樣子靜靜待著，當他停止時，胖子才重新拉起繩索又在牛背上補了一鞭，老牛只「歪」一聲，然後垂下頭，順著命運，一步，一步，走出二十六年的家，走入茫茫的夜。

牛毛！收藏一撮真實的牛尾毛！

老牛走了，牛棚裡頓時變得很空寂，老牛嚼餘的青草蔗葉還留在地上，那排牛糞冒著淡淡的煙霧，這是悲憤還是留連才遺下的史蹟呢？

次日天亮，他又到牛稠看看，看到黏在牛糞上的毛既粗又長，便用夾子將那些牛毛也撿起來，和昨日抓在手上的那撮一起裝入紙匣子裡。就這樣，他收藏了一撮牛尾毛。

牛毛！收藏一撮改變人生的牛尾毛。

十五年來，他早已忘卻這撮牛尾毛了，沒想到，十五年後在柴房裡再度發現它，而且勾起一段心酸的往事。想來，老牛的肉身早已沉淪人腹化作什麼消失了，牛角或許被刻成印章代表著某人，或許裝飾在某家豪華的客廳。只有這撮牛尾毛仍然屬於他，一件多麼不起眼的紀念品啊！

「該丟棄呢？還是永遠保留？」他望著牛毛，想了好久。

本文選入《海峽散文——一九八七年度兩岸代表作選》（阿盛主編，希代，一九八八）。

諮子文首章

吾兒！你終於出世了，也就是說，我的臉孔終於有人繼承了。這種事，做父親的都很快樂，但我無法確定出生是喜是憂，因為未來漫長的人生，誰也無法把握。不過當你還在汝母懷中時，汝父每次看著汝母身前鼓起的駝峰，心中總會有一絲喜悅的感覺，尤其當你被護士小姐安置在育嬰房的褓車中後，心裡更是充滿快慰，厚厚的透明玻璃雖然阻絕了汝父伸向你的手，但沒能隔開我們的感情。

吾兒，你終於在族人的期待中來了，而且不負眾望。早在十年前，汝祖父母以及汝曾祖父母就希望汝父要娶妻生子，汝祖父曾說，他的同儕都當阿公了，只有他還沒有媳婦。前天，汝父和汝大舅大妗把你們母子從醫院接回家後，汝曾祖父聽說你回來了，連忙過來探問你，他那枯槁的臉立刻綻放笑容，然後風趣地說：「我火灰祖（外曾祖之意）做整十年了，現在才有個矸仔孫（內玄孫之意）。」可見，家中長輩將非常疼愛你，尤其你是林家的嫡長子。他們高興：宗有人傳、代有人接了。汝父猜想，你已經替他們拿下一顆長久以來即吊掛在他們心中的石頭了。

至於汝父，歲處三十二的我，過去三十年，似乎從未想到有一天我也會生兒育女，老實說，最初，我並無生養子女的打算，我也不會為了滿足汝祖父母，和其他祖上的冀求而結婚生子，更不會為了「傳宗接代」的古老律例而必須生育，特別是生個男孩，也就是說，汝父已經沒有傳宗接代的觀念了，我覺得，人類應該繁衍不絕，但不必眾庶，只要人類永遠生存在地球上或是別個星球上就是代代相傳，但不必一定要傳我的宗、接我的代。所以吾兒，汝父最初並不渴望子女，直到和汝母結婚之後，我才感覺，有個孩子也很好，汝父母是因偶然的機會而相識，然後相戀，最後因相愛而結婚，汝父母的結合並非我娶她或她嫁我，而是我倆結婚之後，住在男方家裡，汝父以為，無論是因愛情或是因媒妁之言、父母之命而形成的婚姻，在結婚之後，夫妻之間的關係除了愛與法律之外，又加上了彼此需要照顧的責任，這個責任在理論上與心理上都是永恆的、一輩子的，因之，我希望在愛、法律與責任之外，再多加一項血統，也就是說，本來夫妻是不具備共同血緣的，但生了孩子之後，他們的血互相溶成一體，有了共同的結晶，孩子可以增強、凝固夫妻彼此的愛與責任，當然也可使這個家在感覺上更像一個家，緣是之故，我才希望有個子女，於是，經過汝母同意之後，吾兒，你終於來了。

吾兒，你的生命始於汝父之精與汝母之卵的結合，沒有前世也沒有來世。如果按照迷信所說，你是有前世的，但不論迷信與否，之於你的出生，你完全沒有自主權，汝父母完全出於自私就孕育了你，就要你來到這個世界，這是汝父母對不起你的，而且我們既然無法讓你一出生就能獨立生活，那麼養育你，直到你弱冠、羽翼豐滿了，便是汝父母應盡所能，讓你得到最適當的發展，讓宿命的悲劇減少對你的壓迫，這其間，我們給你的一切善良作為，都是義務，不是恩惠，所以當你長大獨立之後，你無需報答，更無需唯汝父母馬首是瞻，換句話說，汝父已沒有中國傳統的「養兒防老」的觀念了。我會盡力不讓自己成為社會的負擔，當然也不願成為你的負擔。

吾兒，你既然來了，此後將有百年的人世要你面對，汝父是希望你能自由地發展，成為一個獨立的個人。但是，若說汝父對你完全沒有任何期望，那是謊言。有兩首古老的流行歌歌名叫作〈爸爸的話〉和〈媽媽交代的話〉，寫著為人父母者對自己子女的期盼，交代子女應該特別注意哪些。這是一個不幸的時代，為了讓你成為一個有獨立人格的人，汝父也要向你說一些話，就算是汝父對你的最基本的期望。

首先，吾兒！你不需迷信。凡是缺乏根據或是說不出所以然的事物、律例而加以深信奉行的，都是迷信。這裡正好有個關於命名的例子，汝父某個同儕好友，他的長女也和你同月出生，吾友為了命名，千辛萬苦，先請江湖術士拆他女兒的生辰八字，據說五行缺「木」，所以就要取個五行屬木的字來當名字，於是吾友連借帶買，蒐集了數本迷信的姓名學，為了尋找字之陰陽、五行、筆畫五格、三才數等等的配合，費去十七天的工夫取了一個將近四十筆畫的姓名，依姓名學說「大吉」，然而是否大吉不可得知，卻因延誤了報戶口而被處罰鍰，吉事未見，凶事已到，這樣是大吉嗎？姓名學所謂的陰陽、五行、五格、天干六神、地支六神、旺相死囚休……，都是毫無根據，說不出合理解釋的，如此姓名學，任何識字的人都可以隨意亂編，如果相信此道，就是迷信。中國人自古以來，絕大多數都迷信此道，所以當汝父出生時，汝曾祖父還特別步行半天，買了一本《命名學》回來，讓汝祖父為我命名，取了一個屬性「吉」的名字，如今，汝父命途多舛，若依照汝父的信仰與個性來看未來，汝父一生將注定貧苦勞碌，這豈能算「吉」！由於汝父完全排除迷信，所以為你命名時，只求：一、筆畫簡單易寫，日後你將容易學習，簽名也省時；二、聲音好聽、響亮，國台語皆易念易記，不要破音字，也不要拗口的發音；三、不易讓人聯想到不雅的諧音；四、脫俗，不易和他人同名。五、既是名，則不必一定要有意義。我便是根據這五個命名原則為你取了名字。日後，如果有卜卦者說你的名字「不吉」，或者你看了迷信的姓名學，說你的名字「帶凶」，你千萬別信，大可泰然處之，一個人如果盲從迷信，無異為自己製造陰影，處處犯忌，心中突起疙瘩，則智慧、道德、勇氣、毅力等等必將萎縮。如是，便失去完整獨立的人格。所以汝父要你切勿迷信。

吾兒，人世間，古今中外，屬於迷信的事物很多，尤其在制度封閉、文化落後的地區特別多，不只怪力亂神，還有關於思想、政治、宗教、歷史、風俗、文字、格言、大眾傳播……等等的神話迷信，多至不勝枚舉，汝父無法一一陳述。日後，你當訓練自己，養成邏輯的思考方法，科學的懷疑精神，實驗的批判態度，獨立的判斷能力和開放的意識形態。如是，面對各式各樣的迷信，才具有某種水平以上的免疫力。也唯有具備這些條件，你才可能成為一個理性的自由人。

其次，吾兒！你必須奮鬥，努力成為一個人。這句話聽來可笑，人們也許會說：「人一出生就是人了，哪有什麼需要努力，才會使人變成人？」是的，人一出生就是人，不管是三頭六臂，或是單眼缺嘴、瘸手跛足都是人。然而，這只是生物層界的動物人，屬於高等動物的一類，其價值未必高於猿猴、海豚、貓犬。這裡，汝父所謂的「人」，是指具備或享有基本人權的人。除此之外，只能算是動物人或低等人。人類不同於其他動物的地方在於「基本人權」的有無，基本人權的根本就是「自由」，自由的項目也就是人權的項目，它們也許有因時空之更易而有所增減改變的，但有一項絕對是百代不易，汝父把它叫作「精神自由」，它包括西方所謂人權中的四項，即思想自由、信仰自由、言論自由、免於恐懼的自由。這四項合成不可切分的一體，而以言論自由表現於外，有了這項「精神自由」，其他種類、性質的自由才有意義。套用古代一個山東人的格言說：人之所以異於禽獸者，幾希？汝父認為：人權也。汝父要你奮鬥努力，便是要你為人權而奮鬥努力。如果無法兼善天下眾生，至少你也要活得像一個人。

汝父常想，一個人如果飽了肚子，卻瘦了腦子，那跟牛、豬有何差別，如果衣飾華麗，卻思想貧瘠，那與孔雀有何異同，如果行止海闊天空，卻言論「危」牆重重，那和魚鳥有何上下；汝祖父、汝曾祖父，以及大多數的中國人常說：「吃得飽、穿得暖，就滿足了。」但是今天動物園中的飛禽走獸們，那隻不是飽暖無缺的。所以人不能失去人權，失去人權便失去真正的幸福，沒有人權，也就淪入了野生動物園。

以上，是汝父對你的兩點期望，其他，都是附屬在人權之下的東西，國家也好，民族也罷，法律、政府、文化、主義……，都應是為人權而設。保人權則為善，奪人權則為惡。這已是汝父評判一切是非善惡的最後標準，捨此標準，人文社會便無真理可言。切記。

最後，吾兒，為了完成汝父的期望，你要堅強。汝父今生，雖然無時無刻不想培養自己的道德勇氣，可是仍然數度在團體組織與有形無形的陰影下為五斗米而折腰，為生存而苟活，自覺人格已斲喪不少，真是羔羊一隻，可嘆可嘆！但，吾兒，你是一個全新的生命，你要堅強，本著正義，勇敢邁進，這樣才是一個肖虎的男兒。是所至盼。父親永遠祝福你！

我所耽心的——諮子文次章

孩子，一九八六年，即台灣民間所謂的虎年，暮春四月，你來了，在你父母的故鄉嘉南平原，你開始加入人類的社群，不可更改的，這裡將成為你的第一故鄉。做父親的我，既生你，就有責任讓你認識自己的家園，但江山已改，人物皆非，我要怎麼向你說呢！

半甲子前的嚴冬，你父也開始在這裡生長，對這個農村的花草禽獸、土丘水渠，曾經有過廿一年的朝夕踐履，耳濡目染，所以和泥土結下了深厚的感情，已至永難割捨的地步。相信，承續了我的血液的你，也會承續我這份懷鄉的遺傳。只是，你眼裡的故鄉，和你父母的故鄉已經面貌不同了，雖然「她們」在相同的經緯度上。

你漸長漸大，等到你的眼睛能夠認識周遭的環境事物時，你將看到我們村子幾乎處在廣闊的嘉南平原中央，些許白雲塗抹在我們的藍天之上，只是天空經常會凝結一層薄薄的黑霧，一片一片漂浮著，使人登高也無法清楚地望遠，這些黑霧來自哪裡呢？看，村子西部的工業區，是不是豎著許多高大的煙囪，它們日夜吐著黑霧，把晴朗的天空吹暗了一些，使你覺得遠山不是含黛，是裝扮著包公臉。夜裡，你可能還會用「繁星閃爍」來形容我們的天空，但是我告訴你，從前故鄉的夜空更璀璨，很容易可以辨識許多充滿美麗神話的星斗，你父小時候就時常對著天上的星河幻想神仙事蹟，一首叫作〈小星星〉的兒歌唱著「一閃一閃亮晶晶」，但是這些小星星都消失了，前天，當我把你送到外婆家後，當夜回來，坐在屋外想念你，想起「願逐月華流照君」的古詩，舉頭一望，發現星空黯了，我竟然無法立刻找出被西方人喚作「大熊」的北斗七星，如此更遑論那隻「小熊」了。為什麼故鄉的天空變了呢？是小星星都睡著了嗎？還是流浪去了，或者不幸殞逝了。不是的，是我們的空氣混濁了，還有，從我們村子釋放出來的燈火已經「賽過」星光，人間益明，天上益暗，這實在叫人喜中帶憂的演變，恰似卜卦所說的「吉帶凶」。

說到煙囪，其實在我的小時更多，家家戶戶的屋頂都有一支廚房的鼻孔，每到三餐時間近了就炊煙裊裊，白色的煙霧冉冉升上天，然後飄開來，無形無跡，不會染黑白雲，反而為農村增添了情趣，炊煙帶給我的是一股無限的溫暖，但這些都消失了，也許，你父的肺已經受傷，可是不能不呼吸啊！

接著，你會去認識故鄉的原野，翠綠的田園仍然鋪滿你的雙眼，可是當你走到田埂邊，立刻會有一股臭味撲向鼻子，低頭一看，溝渠裡、水田間，都是黑色的水，濃得連數寸水底都看不到，於是你將認定我們的田野就是這個樣子，大地除了綠色的農作物與溷濁的汙水之外，便別無其他，多麼單調啊！這是我所耽心的，我耽心你對故鄉有這樣一個不美的印象，所以我才想告訴你，為我們的故鄉辯護。

我的記憶裡，田園風光真像一幅偌大的畫，綠水蕩漾，清澄可愛，連接著每一條田溝，淌遍了每一區稻田，灌滿了每一塊窪地和池塘，天空倒映下來，處處都是讓春風吹皺的軟玻璃，浮雲把它們的影子寄存在水底休息。有些農夫在罾網水溝裡的野魚，或者電捕田裡的泥鰍，有些村姑在抓拾田螺、蚌蟹，或者篩撿小蛤子，還有小孩釣著「田蟆仔」，大人釣著「老水雞古」，這些都是家鄉俗稱「四腳仔」的青蛙。偶爾，你會看到一隻白鷺鷥站在牛背上，不然就是結隊漫步於水田裡，像長著長腳而且會行走的小雪堆。那時還是小孩地我，以及我的同伴看到鷺鷥總會念起「白鴒鷥，擔畚箕」的童謠。此外，穿著黑袍的烏秋孤獨地棲止喬木上，拉長牠的破嗓子，賣弄「嘎基——啾」的沙啞聲；還有成群的麻雀很有秩序地在電線上排好休息的隊伍，小孩一叫，牠們又倉惶而散亂地飛走了。波光粼粼的池塘裡，我們俗稱「水鴨」的野雁，穿梭於水蕾（布袋蓮）之間輕輕搖擺尾巴，悠然極了。清晨，整個村落雞犬相聞，吱吱嘮嘮叫醒熟睡的時間，晚上，四周郊野蛙蟲對擂，唧唧呱呱，為疲倦的村民催眠。總之，那時的田園真像貝多芬的第六交響曲，充滿祥和愉悅之氣而又多采多姿，即使可怖的閃電也會發出如詩的雷聲，像天神在打鼓。哪裡會是今天這個樣子呢！

吾兒，也許你要問，為什麼水會變髒變臭，以致田園變醜？好的，我告訴你，我們故鄉廣大的水田一向都靠村後的牛稠溪灌溉，這條溪河可說是我們生命的本源，它是台灣的主要河川之一，有很寬的河床，由於水質清甜，所以花草鳥獸都樂意在這裡生長和定居，村人也喜歡來溪底遊憩，傍晚時刻，常常可以看到：「冠者五六人，童子六七人，浴乎沂，風乎舞雩」，泅於水，嬉於畔，然後「詠而歸」，你父親也曾是六七童子中的一個，我就是在這麼美麗純樸的大地上翻滾長大的。如今這些經驗已經無法遺留給你了。我不知道牛稠溪是在哪一年開始被下毒，但是至遲在五六年前，我就感覺到田野的水質不對勁了，因為那年暑假，我返回故鄉，到我們的田裡散步閒逛，臨走時，我竟不敢潑起田溝的水來洗淨手足，而四年前的春節，大年初一那天早上，我走向溪底，希望回味一下童年時光，結果發現整條溪像是長年臥病般，暮氣沉沉，又黑又瘦，一江如黑帶，河水腐蝕了，河道被割陷下去，河身散發著含酸帶辣的臭味，於是我失望，我悲傷，一步三嘆走回家，這是一個多麼不快樂的新年。牛稠溪朽了，飲用牛稠溪的故鄉田野自然也朽了，然而，誰是下毒的凶手呢？

聽聽你的祖父，這位一生都離不開泥土的老農夫怎麼說，他說：從城裡流來的都市廢水和上游幾百家工廠的化學水把牛稠溪毀容了。這就是最主要的答案。你祖父又說：大量的農藥和化學劑殘留在泥土裡，使田裡那些善良而平和的小動物命喪黃泉了，毒不死的卻是金寶螺（福壽螺）、蚊枯菌那般害蟲。幾天前，衛生署檢查了全台的幾個工業區，其中排放廢水、汙染最嚴重的十個當中，牛稠溪沿岸豁然就有兩個，我看了，心痛不已。唉！如此這般，縱使大如長江黃河，恐怕也承受不住，何況我們這條牛稠小溪。

吾兒，將來，你是否會以髒黑為大自然的本來面目？這就是我所耽心的，所以我才急急地告訴你這些，不過，我的回憶，對你卻那麼陌生而抽象，等你長大，親眼看了，孩子！你是否要埋怨你父親沒有為你留下一片清淨的天地呢？這也是我所耽心的，關於這一點，我怎麼向你說呢？

真的，我不知如何向你說你才會相信，孩子，你的故鄉……

攜子返鄉

我的故鄉是農村，在嘉南平原正中央的一個鄉下地方，雖然看起來比較破舊，但是她有一大片的天，像一件藍青色的帆布罩在一望無際的田園上，帆布裡縫著一簇簇白雲，地面上，草木青青一直蔓延到天邊海角，像綠色的地毯沿路鋪過去。這種景緻使人覺得非常爽快。這，也是目前住在北地城市的鳥籠房子裡整天倥倥傯傯的城裡人所享受不到的！

我的兒子從出生到現在五歲了，差不多都被關在狹窄又擁擠的公寓裡，他常常吵著要去公園或風景區玩，要不然，帶他上街逛一逛也好。我了解他的心情，所以只要有空閒，我一定會帶他回去我的故鄉——水牛厝。

我的兒子，漸漸長大，漸漸懂事，也越來越會講話，這時候正好奇，喜歡問東問西，我也會用講故事的方法回答他。我帶他返鄉，不只是想讓他接觸田園的景緻而已，我希望他能親身吸收一些農村文化，尤其是了解故鄉的過去到現在，看祖先留下來的汗跡，體會老爸與阿公、阿嬤的困苦的草地經驗，如此，讓他接近土地，在不知不覺中，對鄉土產生一種情感，這情感恰似一條溫暖的臍帶，將他的心與土地的脈黏在一起，我相信有一天他會明瞭，有一個久久長長的夢，就像台灣老歌〈黃昏的故鄉〉所唱的：「彼爿（bīng）山，彼條溪流，永遠抱著咱的夢」，這個夢一直活在泥土裡，需要靠一代一代打拚才會開花結籽。

這就是我對兒子的打算，也是我攜子返鄉的目的之一。

所以每次帶兒子回到南部，我都會騎腳踏車或奧多拜（機車）載他四處繞一繞，沿著我小時候的足跡，從左鄰右舍到街頭巷尾，還有：土地公廟、兵將寮仔；前田、後溪；菜瓜藤、木瓜叢；香蕉、菝仔（番石榴）、甘蔗園，九房、公館、牛將軍，插秧、除草、施肥、割稻……，我邊走邊講，他一路問，我就一路解說，有時「點仔膠、黏著跤，叫阿爸、買豬跤，豬跤箍（ko）仔炁（gūn）爛爛，枵（iau）鬼囝仔流嘴瀾（luān）」……，教他唱一些台灣的「囝仔歌」，有時停下來，吃烏子果、摘四季果，或是「古早古早……」講一段故事給他聽，我們的情形差不多是走到哪裡，說到哪裡。他能記住多少並不要緊，至少讓他對自己父親的故鄉不會感到陌生。

將來，等兒子比較大時，每年寒暑假，我還要送他回南部鄉下，讓他與祖父母一起住，一起躬耕壟畝，體驗田野勞動，也和鄉下孩子一起玩，如此，親身生活過的地方，才有深刻的記憶。我相信這些記憶沉浸在他的腦海中，有一天，會釀出對土地對故鄉的感情，這種感情，正如陳年酒，長大後，必然會進一步「發酵」，轉化成對台灣的愛。

這也就是我所寄望的。啊！攜子返鄉！

本文台語版選入《大學文選》（成功大學編，二〇〇一）。

◎卷二　雨落在嘉南平原

孕鄉

對我來說，「鄉愁」是活的，是一尾活在心裡的蛀蟲。我想，返鄉也不需要目的，如果愛故鄉，回去就能治療鄉愁。

國中畢業，提著一只行李箱溜到台北當學徒那個晚上，是我第一次嚐食到鄉愁的苦楚，雖然大約十天後又回來鄉下，可是隔一年就搬進嘉義縣城的學生宿舍，從此以後我正式離開父母的身邊了，後來又在水土不服的桃園當預官、就教職，屈指算來離鄉背井的生活也足足有廿一年了，豈不是比在故鄉的日子還要長呢，到現在我對桃園時下的人文、地理、政治、社會的關心與了解也不輸給故鄉嘉義，家庭在這裡、朋友在這裡、油鹽柴米醬醋茶都在這裡，照說也應該把異鄉住成故鄉了，但是不知為何緣故，讓我生根長大十七年的父母村一直都是我腦海中最有感情的一塊土地、一個村落。

這麼多年來，要是久一點沒有回故鄉浸淫陶養一番，那尾鄉愁就會爬出來，咬疼心肝，提醒我該回去了，所以每年我總會返鄉南下好幾回，大部分都不是為了什麼事情才回去，純粹是這一顆心想要回去而已，這一次也一樣，差別的是遇到暑假，可以多住幾天，所以心情不會那麼急，能夠用暢暢快快的心情站在嘉南平原觀看一望無際的田野草原，感覺特別輕鬆。

下午，太陽放涼的時候，我自己一個人走到村後的溪畔，坐在河岸上看這片「溪底」的景象，在我的記憶中，這個地方除了溪崁下新造一條水泥橋，以及原來建在水涯邊的那一連兵營不知什麼時候突然消失了之外，可以說十年來都沒變化，只感覺對岸那片沙灘好像一直浮起來，快要將遠遠的那一道產生過神話故事的「紅土崁」遮掉。我靜靜看著對岸，回想起來，自從小時候只那麼一次涉水過去摘「時計果（百香果）」之後，到今天即將三十年了，都不曾再過去，所以我對那一方的認識依然如印象中那麼陌生、那麼神祕，只知道、也約略看得到，對面聽說有兩個村莊，右邊是牛稠山，這條溪就是以這個村莊取名的，左邊在紅土崁上面那簇看起來沒幾戶的村落叫做「三間厝」，正是我的同事黃君出生、成長的鄉里。雖然這一次我要回來之前，剛好認識這位原本住在三間厝的黃君，但是他竟無法解答我對他故鄉的好奇和疑問……

一個禮拜前，學期結束那天中午，全校教職員在校門口新開的餐廳聚宴，由於同事間，我認識不了幾個，也很久沒參加這種大場面的餐會了，所以這回我有一些兒舉目無親的感覺，不曉得應坐在哪一桌才好，正好黃君旁邊還有空位，我就坐過去，但是我發現同桌的這些人似乎都不怎麼相識，所以一時間大家找不到話題聊天，只好各咬各的瓜子，我想同事間一起吃飯卻

台 中
TAI CHUNG
2月台

無話可說也真不自然。記得以前，我和「知而不熟」的人在一伙時，往往都會先問對方家居何處，用父母之鄉來打開話題，這個「習慣」大概是我小時候愛看戲，被戲劇情節陶養出來的，那時戲中的古人初次相會時總是「請問兄台仙鄉何處」，若是碰到同鄉的，正好「人不親土親」，既然是鄉親，那就更有話說了，於是我就近先問身邊的黃君。

「你故鄉值佗（在那裡）？」我問。

「嘉義。」他說。

「噢！我傌（也是）嘉義人，你嘉義佗位？」

「民雄鄉。」

「阿咱算隔壁鄉親，我是太保鄉，今仔（現在）叫太保市。」

有了這一脈地緣相牽，開講起來輕鬆多了，吃飯配話也就更有味道。

原來黃君不僅和我小同鄉，他還是我的隔代學弟，整整少我一紀年（十二年）的嘉師校友。再細部探問之後，才知道我們兩個的故鄉近得幾乎立在一塊。牛稠溪流到附近轉了好幾個彎，在這兒彎成一個大S形，南岸是吾村水牛厝，北岸是他的村子三間厝，兩村背對背，雖然離得很近，但是自古無橋可通，到今年才有這座橋和一條牛車道，可也不知是否相通？

隔天就放暑假了，原先我心想假如時間巧合，我很樂意載他一程，邀他一起返鄉，甚至我可以順便去他的村子看一看。不過我猜黃君可能下午或明早就會趕車南下，如此我們的返鄉時間就難以配合了。所以我只問他幾時要回嘉義？

「無打算咧，月底看看咧！」

他的回答令我很意外，因為據我自己的經驗，一個離鄉離親、隻身在外的少年人，每到寒暑假總是一顆顫動的心，迫不及待地想回故鄉，尤其是來自南方草原、山野的鄉下孩子。十多年前，我便是這樣，假期前夕就款好行囊與選定車班，以便結業下班後，可以立刻起程，趕緊回去釋放滿腹鄉愁。這情景一直到成家之後才稍稍緩和。看來黃君沒有鄉愁，或者是他的鄉愁不像我這麼濃、這麼烈？如若這般，那他的「故鄉」並沒有緊緊地牽引住他的鄉心！

想到這裡，我轉頭看一下我的故里水牛厝，才又轉過來面向北方，由黃君的故里三間厝的地方慢慢看過來，眼前這段彎彎曲曲的水道割開太保與民雄兩鄉，也隔斷我與黃君的故里，這裡的地勢和景緻對我有特殊的意義和感情，雖然溪水變髒、沙洲變高、河床變窄、沙灘變軟土；曩昔植土豆，如今種水稻；從前插甘蔗，現在改種「玫瓏瓜」……，種種變遷和我的童年不一樣了，不過這裡仍然是一片青翠的田園，溪岸永遠埋著我童年的足跡、溪水也永遠流著我少年的回憶，這一帶的幾則美麗的傳說與慘烈的故事也永遠留在我的記憶裡。

故鄉是這樣美這樣豐富，記得那天我邊吃邊跟黃君講起這些應該同屬我們兩個的故鄉地理與鄉土傳奇，同時我向他求證一段「發生」在他那村落的「吸石路」奇談。

這是一則和吾鄉先賢王得祿有關的傳說，以及牽連到這個傳說的怪事。

王得祿是清代名將，生前官居一品，曾任浙江提督及福建水師提督，封爵太子太保，死後追謚太子太師，可說是自古迄今台灣人當中國官，官位最高、管轄最廣的一個。傳說，晚年心性多疑、自私又鴨霸，生怕有另外一個台灣人會比他官位更高，曾在本地牛稠溪北岸，也就是三間厝附近，假藉開路破壞風水，斬斷地理師說的龍脈，造成這一帶的牛稠溪流了三天三夜的紅水，染紅河岸，才出現那段百米長的「紅土崁」。此後這條路的某個下坡段好像埋了一塊磁鐵那般，任何車輛行經這裡，都會突然慢下來。

這是我小學時候聽小堂叔講的故事，後來讀國中時，我的同窗好友蘇天益也向我「印證」過這件事，他說，牛稠山附近有一段路真奇怪，明明下坡，可是騎不快，就像那兒的「地心引力」特別強，要過坡路之後才會恢復正常。這是他的親身經歷，而他也聽過很多人講起這個經驗。那時，我希望有機會去親身體驗，可惜至今不曾去過。

我問黃君知道這個故事嗎？真的有那段會吸車的斜路嗎？可惜黃君並無這些歷史記憶，我所講的，他不只不大曉得，連三間厝、牛稠溪的地理光景，他也茫茫然記不清了。因為他說：

「我只知影三間厝後壁是溪埔底，溪的南邊有『村莊』，就是恁莊，但是彼陣我感覺足遠，溪埔底的『環境』生做啥款，我現在攏無印相，若像不曾去過。呵！足久兮啦，我讀國中時，阮就搬去嘉義了，連恁莊叫什麼名我也忘記了。」

不過他說他還有堂親住在三間厝，將來若有機會回去，一定替我求證那段傳說中的「吸石路」。

我想著黃君的這些話，心中浮起一些疑問：

為什麼他對自己的故鄉這樣輕淡呢？出生，又起碼生活十二年的鄉土為什麼沒讓他留下深刻的印象？

或者是現代的年輕人比較健忘？比較缺乏記性？

有人說懷鄉是落伍的情感，難道黃君是進步的，所以他沒有「安土重遷」的古老觀念和習性？

我又想到一些也是從南部上來的同事，我看他們似乎都不像我打算有一天、或是告老退休以後想要返回故鄉落葉歸根，難道思念故鄉真的是不再流行的感情了！

「啊！」我輕輕嘆了一聲，但是這些問題

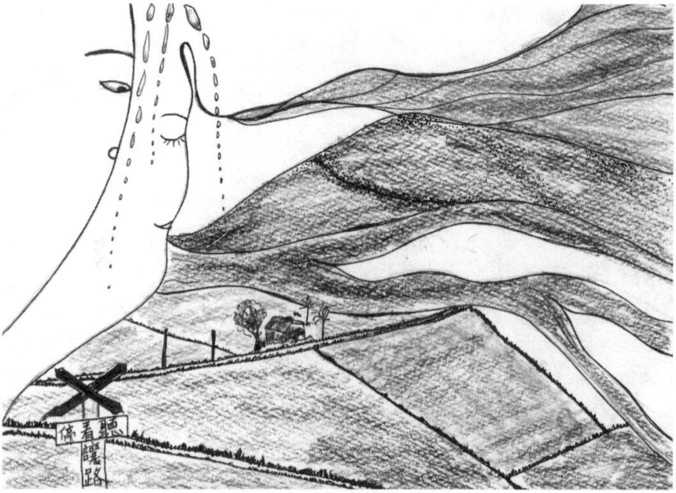

在我腦裡遶東遶西，一直縈迴不去，就像要推敲出一個合情合理的緣由，忽然間，我的念頭閃出一個不曾看過、也不曾想過的字眼：「孕鄉」，它是一個人將一個地方「懷孕」成故鄉的過程，也是一塊鄉土在「懷孕」一個人，使他不知不覺地將這個地方疼愛做故鄉的過程。這就是答案。

黃君與我雖然鄉土相連，也可以說是同一塊地方，但是生長的過程不一樣，他不像我曾經受過鄉土的孕育。

在交通工具、傳播媒體都不發達，制式教育也未普及的農業社會，人與土地密切地結合著，那時候的人，童年時代、甚至一生都守在一個小地方。一個小孩在這裡生活，從張開眼睛，有記憶、會講話、會走路、會吸收知識以後，就開始接受鄉土教育，天天受到這個地方的人文地理、民風習俗、歷史傳說與奇聞軼事的陶冶，一直到長大，這些東西當然也深深進入他的意識，成為他生命中最早也最有鄉土味的一部分，他已經習慣這裡的生活脈動，熟悉這裡的人文世故，豐富的人情味與古老的神話使他的心靈純潔又美麗，於是當他離開這裡，住在他鄉外地，他的心中自然會產生「親不親故鄉土；甜不甜故鄉水」的感覺。我相信「故鄉」就是這樣子孵出來的。就是這麼的自然，所以對一個人來說，生於斯、長於斯的地方，不必告訴他、不必教育他，也會變成他的故鄉。

從前，遠走他鄉或是出外流浪都是大事一樁，過去常聽到一句話：「男兒立志出鄉關，事若不成誓不還」，可見要踏出鄉關，得下定很大的決心才做得下去，「誓不還」只是表示決志，並非真的一事無成就不喜歡再回來，而一旦離鄉背井後，總有滿腹鄉愁無處宣洩，「鄉夢有時生枕上，客情終日在眉頭」，任何一項事物都可能引人思鄉，孤燈會燒起記憶、寒杵會擣痛鄉心……，故鄉的草木山河、人情事故會化作一股綿密的迴流，像電影那般在內心反覆放映著，這就是鄉愁，一個人的故鄉情懷有多深，他的鄉愁就有多深。這個時候，鄉愁是一種渴望，渴望重回昔日的情景、父母的疼愛與故鄉的溫暖，渴望不著時就變成甜蜜的憂愁，既苦且甘。

我就是在這種舊農村長大的，所以我的鄉愁才會這麼重。

我想，出生到小學這段大約十二、三年的歲月，應該是「孕育故鄉」的年紀。設使一個人在這段稚嫩的童年生活裡，很少受到鄉土鄉親的陶冶養化，他就「孕育」不出鄉土意識與故鄉情懷，因此他就生不出一條能夠與這塊土地的臍帶相連通的心脈，以致這個地方在他的感覺裡，只是「出生地」、或是「小時候的居住地」，但不是「故鄉」。我的同事黃君的生長過程也許就是這樣：他的少年時代，台灣社會正拚命地工業化；殖民統治者的反台灣、反鄉土的政策已經站穩；中國化的制式教育也教養過一代了；祖先的語言遭受監禁；鄉土文化漸漸失傳；台灣人改抱另外一種價值觀，變成追求現款實利的經濟動物；每個人從小開始就過著競爭的日子，為將來的生存而忙碌不堪；驚惶、壓力、浮躁、不安，變成「新」台灣人的心態。這種生活，使人無暇懷念過去、也無心傳教鄉土歷史；土地被人炒成商品，已經不是安身立命的地方；「部定」的標準本找不到孕鄉的元素，學校的教科書讀不到鄉土的味素。如此這般，台灣變成一座陌生的島嶼，需要從頭認識。於是四處都是異鄉，再加上交通與速度將土地縮窄，天涯海角變作隔壁村莊；無遠弗屆的電子文化，就像無邊的法力，「統一」了全國的人文，所以方便異鄉人「直把異鄉當故鄉」。因此少年人失去鄉土的感情，出外的遊子也就不知鄉愁的滋味。

說不定新一代的台灣人都像這樣，變成一群失鄉客。沒有故鄉，就沒有根，難怪有人開始厭倦美金一萬元GDP的台灣新文明，上山爬坡、涉水過河，要尋找一個可以叫做「故鄉」的地方住下去。

簡單說來，一個地方的人文、地理、歷史、傳說與奇聞軼事就是這個地方的「孕鄉素」——孕育故鄉的元素。仔細看，這塊土地的「孕鄉素」已經失落不少，這時候也還在漸漸喪失，造成台灣人的鄉土感日漸膚淺。我相信：沒鄉土感的人將感受不到土地的酸甜苦痛，所以也不會關心他的鄉土。我還相信：失去傳說故事的土地、或者沒有故事的鄉土，終會像枯萎的土地，他的子民一旦不再作土地的夢，也將會失去美麗的心靈。

大士爺之村

每年仲夏，我至少要返鄉一次，回到那個北迴歸線上多陽光的平原，那裡是我的根，永遠種植著我的悲喜交織的少年歲月，我回去擁抱溫暖的泥土，讓無限的親情包紮這顆一直在異鄉受挫的心。

一向，我都選在農曆七月廿三之前回去，因為這一天是家鄉的「村定假日」，是吾村自古流傳且共同信守的節慶，要為鬼王「緬然大士爺」辦個慶生會。這一天早已和村人的靈魂黏在一起，從我有意識起，我就知道它是吾村最重要、最熱鬧的大日子，所以很自然的，我要回去歡度這個祭典，十多年來，除了入伍那兩年，從未間斷。

記憶裡，早冬的稻穀已在五、六月間收割完竣，大地有了一段長假，正接受艷陽洗禮，然後等待仲夏的西北雨一到，又要開始慢冬一季的孕育。這時節，吾鄉的稼穡犁耙多數閒著，村人正在聽候「七月廿三」的祭典。時日迫近，全村動員分工，為「大士爺生」忙碌著。婦女「拚拚洗洗」刷洗門窗家具，就像迎接新年的情景。

「爐主」和「頭家」負責籌備演戲酬神的節目，同時挨家挨戶按男丁數「撿丁錢」，作為祭典開支，男丁越多的人家繳得越多，因為他家平日享受到神明更多的福蔭。

孩童成為特使，紛紛被派往別村邀請親友來作客看戲。

南村許氏拳與北村葉氏拳這兩隊吾村的拳頭世家及其所屬的武夫們，開始演練宋江陣，準備祭典當天表演「陣頭對抗」。

廿二日那天，殺豬羊、宰雞鴨、款酒食，家家備妥牲禮兩副，一副送到公地前孝敬鬼王，一副在家慰勞「好兄弟」。吾村中央街道成了夜市場，聚集各色攤販提供村人所需用品。其中有個陶瓷商人長得很像布袋戲的丑角「賴哥」，他年年這個時候都出現在吾村第一位縣議員葉永和的服務處門口，我想：村人的餐具多半是向他買的。好幾次我拿起飯碗就想起他，怎麼布袋戲裡的「人」會跑來吾村做生意呢！小時候，我曾經這樣幼稚地想著。

廿三日早上，各式流動攤販已在公地附近劃路據地，設市擺攤。丐幫弟子也會師吾村，分路討乞「娛樂稅」。同時，有人在公地前搭了幾座戲棚和一座供大士爺駐幸的臨時帳幕。每年，我都會算算戲棚數目，越多則越高興。我也會和其他小孩爬到戲棚上模仿戲子演戲的動作，在上面追逐嬉戲，又蹦又跳，把戲台踩得砰然作響。時辰一到，大士爺進村，全村爆竹齊鳴，震得飛鳥走獸心驚膽顫，但是，我們卻覺得異常熱鬧，興高采烈。大士爺是一座紙糊泥塑的「覆面」（蒙面）神像，約有十來歲孩子那麼高，開光時辰未到，臉上的紅布還不能拿掉。

據說要到正午，他才能露出真面目和村人「相見歡」。這個時候，歌仔戲班與布袋戲團先後來到，都在自己的舞台上搭起布景，準備一場夜以繼日的爭霸戰。

大士爺既然是鬼王，想來應是窮凶極惡，為何村民們要膜拜祂？而且是那麼虔誠呢？少有人能說出原始的答案，只知這是吾鄉民間的傳統信仰，古已有之，大家「照古早例」，沒有人會去質問它，這一天大拜拜大鬧熱，村人都浸在一片歡喜氣氛中，追根究柢已沒什麼意義。不過好奇的我還是要向老人請問的。

「阿公，七月廿三是大士爺生，是安怎戲台頂的紅紙攏寫『慶祝觀世音大士佛誕千秋』？」很久以前，我曾經這樣問過祖父。

「大士爺是觀娘嬤（媽）化身的，觀娘嬤化身鬼王來掌管所有的鬼，才袂（不會）隨便陷害世間人。」祖父說。

祖父還說了一則神話，他說：以前，村人都要挑著牲禮祭品，涉過村後的牛稠溪到另一岸的民雄鄉拜大士爺，因為大士爺的本廟在那裡。有一年，下大雨，溪水猛漲，村民無法過溪，正當村民束手無措時，來了一位陌生老人，他向村民建議，只要有誠意，在河畔祭拜，大士爺照樣領受得到。於是，村民就地遙祭鬼王，祭後，老人表示路過這裡，肚子餓了，希望村民分一些食物給他果腹，於是好客的村人都要請他，他就在每家的祭品中吃一點雞肉。可是，當村人把祭品挑回家後，卻發現雞肉完整無缺，因此，人們認定那個指點迷津的老人就是大士爺顯化的，從此以後，吾村人不再涉河，只在自己莊裡祭拜大士爺，而大士爺也成為全村共同祭拜的神。七月廿三這天只從民雄請來大士爺的紙糊塑像而已。

二十餘年前，在我念小學三、四年級時，曾經發生過兩樁被純樸的村民認定和大士爺有關的事件。我家就在公地旁，公地是一塊平日荒置的空地，附近村民平時利用它堆放草堆，這些草堆就是村民用來烹煮的燃料，每年七月廿三日之前，都差不多用完了，沒用完的村民會自動拆遷，所以不妨礙大士爺祭典。公地尾端緊臨吾村的大池塘，煌忠仔一家在那裡搭了一間養鴨的茅寮，據說是經過大士爺准許的。如此年復一年都相安無事。後來，鄰居許國寶一家也在公地末端搭建一間寮子，用來培植木耳。於是「有樣看樣，無樣家己來」，那年春天，啞狗輝看許國寶私建寮房而無恙，就在煌忠仔的鴨寮前也劃地佔為己用，準備蓋房子居住，當啞狗輝的梁柱全部架好後，隔了一夕卻全部倒塌了，於是工人重新架構起來，並且加裝得更堅固，但隔天又倒塌了。起初懷疑有人蓄意破壞，可是調查結果只是事出有因，卻查無實證。於是有人開始傳出這是大士爺不准人家私佔公地的表示，房架自然是大士爺暗中推倒。此話一出，啞狗輝的企圖也就無疾而終。

同年夏天，快到大士爺生日時，一個午後，公地上靠近許國寶的木耳房，有一個草堆突然起火燃燒起來，一時間，人聲沸騰，嚷著「火燒啦！拍火喔！」我父親和祖父，以及附近所有大人都從午夢中慌慌張張跑出來，提著水桶投入救火行列。這次火災如果不及時撲滅，公地周圍的房子都會遭殃。所以，救火的人越來越多，不久，「水龍車」（消防車）也來了，可是縱然旁邊是池塘卻仍然無法遏止火舌伸向許國寶的木耳房，當木耳房全數被焚燬後，火勢才被撲滅。事後，我的同班小朋友何明享的哥哥添發仔說，他和某些人看到木耳房上方有道熊熊的青火綠焰，兩度要延燒到鴨寮時，都被一陣風吹開來，他們據此斷定這一定是大士爺降火，目的只要燒去強占公地的木耳房而已。也有人說：火災前，他看到一個陌生人騎著腳踏車離開村子，在公地旁丟了一塊「菸屎」（菸蒂），因之，這個異鄉人又被形容成大士爺的化身了。經過這兩件怪事後，沒有人敢再僭用公地了。這些，吾村人自然深信不疑。那時我也覺得大士爺真「亨」（靈）。

當法師卜定的大士爺開光時辰一到，村中南北兩隊鑼鼓陣都到神前舞獅，對打宋江陣，作為迎接大士爺的先頭戲。大士爺正式露臉了，鑼鼓聲中參拜的人潮絡繹不絕，虔誠的村民獻上肚兜，掛滿大士爺眼前的橫線上，讓大士爺帶回去為眾小鬼添新裝。大士爺既是鬼王，想必長得其醜無比，狀極恐怖，曾經有一陣子我都不敢冒然進去參謁，但是，不曾見過鬼，卻想「活見鬼」的好奇心終於驅策我進入帳幕內一睹鬼王神采，果然，人造的大士爺長了兩支角，烏黑的臉、渾圓的眼，豬肝色的長舌頭吊到胸前，舌邊露出一對獠牙，右手舉一面三角令旗，模樣挺嚇人，每年大約這等造形，令小孩的我不敢正視太久，迷信的心靈毛毛的，很快就退出帳帷。

開光祭典進行了大約兩個鐘頭，然後戲班子開演，大戲（歌仔戲）以「財神進祿」揭幕，布袋戲開始「扮仙」，其後戲目正式登場。從前農業社會，鄉間娛樂項目少，難得有這種大規模的戲班表演，所以戲台前總是擠滿人群，女人一定坐在野台戲前，小孩必定光顧布袋戲，至於男人，年老的向歌仔戲靠邊，年輕的向布袋戲靠攏，雙方涇渭分明。我是個布袋戲迷，自然不會錯過，哪一棚的戲目情節越離奇詭異，打鬥越激烈，就越吸引我，《大俠一江山》、《五爪金鷹》、《南俠翻山虎》是我熟悉的戲齣。通常布袋戲午場演文戲，都是改編自歷史演義小說，如《月唐演義》、《三國演義》、《東周列國誌》、《孫臏下山》等。晚上才是重頭戲，都演金光戲，忠奸正邪、東南西北，兩派打得天昏地暗，整個村落一直到半夜都籠罩在一片喧囂中。

大士爺生日，演戲酬神固然是大節目，而家家戶戶設宴款待賓客才是主要的內容，親朋間藉著大拜拜的日子歡聚在一起，吃一頓豐盛的夜宴，痛飲幾杯，暢敘胸懷，聯絡感情，而所有生離遠別的親人或同窗伙伴也都趁這個時候返鄉會齊，互相造訪，重溫少年的夢，把酒閒話人生。所以這一天可說是吾村吾民的第二個春節，也是吾村人口最稠密的時候，家裡戶外、街道上、戲台下擠滿人客，好不熱鬧，當時農村貧窮，村人平日節儉，但這一天，家家「輸人不輸陣」，為了神、也為了面子，也要把酒席辦得風風光光。

七月鬼月，全國各地都在大小拜拜，不少地方是以輪流大拜拜和大宴客的方式進行，記得高速公路剛建好時，有關當局曾經估計，光是七月份的祭典宴會，台灣人每年就吃掉一條高速公路，因此大力宣導，希望人們把七月份的祭鬼活動全部集中在中元鬼節（十五日）這一天，如此各地皆然，就不需要大吃大喝了。這個非強迫性的「節約宣導令」由行政院發出，一直貫徹到村里辦事處，為了這個改變，吾村的大士爺信仰又多了一則新的「迷信」。情形是這樣的，要傳統的民俗信仰在一夕間改變很難，據說那年的「爐主」、「頭家」和吾村南莊村長都不敢作主，便請示大士爺，卜問是否祭典日期可以由廿三改為十五，結果「神旨」不准，但是吾村北莊的村長堅持配合政令，當年大士爺的慶生會便破天荒提前到七月十五。我記得那年祭典的熱度下降很多，因為沒有戲班，而且每個村落都在拜拜，自然也沒有人客來吃流水席了。月底，北莊老村長病了，而且一病不起，到年底就死了，於是有些頗為迷信的村民就說這是大士爺對他的懲罰。次年，北莊新的村長是吾村中黨政關係較密切的鄉紳，五十餘歲，個性比較「鐵齒」（不信邪），因此他也堅持節約拜拜，干犯眾怨而再把大士爺祭典改在七月十五，結果他也在年底死於肝硬化。於是更多村民迷信這是大士爺給不敬者的嚴懲，再次年，吾村的大士爺祭典又恢復為七月廿三，從此沒人膽敢再提議改變日期，所以政府的這項「德政」在吾村注定「早夭」。

大士爺拜拜這天，唯一令人苦惱的就是經常碰到下雨天，使得看戲、祭拜和「吃桌」（赴宴）的人感到不便，為此鄰村的人曾經用開玩笑的口吻說：「大士爺驚人吃」，但事實上，人們在內心裡是感謝大士爺的，鄰村的人說：「看水牛厝的大士爺生，若有帶雨水來，慢冬（下一季）的稻仔才會使播。」

就這樣，大士爺一直是吾村人生活的一部分，在樸素的農村掀起一陣高潮，然而，自從工業文明和都市文化入侵農村後，大士爺之祭典也變樣了，其中最大的變化莫過於公地上的野台戲，傳統的歌仔戲已消失，只剩下它的布景，布袋戲也僅是聊備一格，武打電影和歌舞康樂隊成了主流，尤其後者，更是「收集眼睛」的所在，主持人和表演者都以隱含「性趣」的黃腔對答，大跳艷舞，將脫衣秀搬到野台上。去年，更有兩個戲團互相以完全坦白的女性胴體對抗，而名義上的主戲歌仔戲，為了爭取觀眾、扳回面子，只好改寫劇情，在戲台上讓古代的貞婦烈女剝去羅裳演出一齣裸奔。一時間，少年郎的口哨聲與村姑村婦的驚叫聲夾雜四起，引來管區派出所必須派員站崗，但也只能睜一眼閉一眼，輕羅薄裳依舊，比基尼成為新式戲服。看來對大士爺的拜拜已經是醉翁之意不在酒了。

是變了，真是變了。那個溫暖的故鄉——大士爺之村，只留在我的記憶裡，也許老一輩的人也把她忘了。真是不堪回首呢！

本文選入《歲月鄉情》（阿盛主編，書評書目，一九八七）。

永久地址

有一段日子，我常常要填表，載明個人的某些基本資料，其中有一欄叫做「永久地址」；有時認識了新「朋友」，也會得到他們的名片，我通常都等到回家後，要為這些新朋友找個適當的位置加以「歸檔」時，才會細看名片的本文，我發現有些人除了「現在住址」或「連絡地址」之外，也還有一個「永久地址」。

這個名稱曾經引起我的感慨，到底什麼地方才是一個人的永久地址呢？

小時候，尤其生長於嘉南平原的農村，我不曾想到一個人會有兩個以上的地址，我一直以為父母生我、養我、育我、長我的村落，便是我的「永久」，因為歷代祖宗都在那裡安身立命且安土重遷，直到今天我的父祖親人還住在那兒。但長大後，離鄉背井，出外謀生，由流浪而定居，漸漸地，發覺自己也有了三個可以使用的「連絡地址」，其中父祖所居應該就是我的「永久地址」吧？

可是那個「永久地址」並不比現在這個「臨時地址」更永久，因為在最近的十五年中，我那「永久地址」的「內容」已經變更了兩次，聽說故鄉的地址在不久的將來還要重編，至少現在即可預知的，明年夏秋之際，當父母親的新農舍落成後，這個「永久地址」勢必跟著「搬家」。可是我這個「臨時地址」卻一住十五年，而且表裡如一未曾變，如此看來，「臨時」竟比「永久」更永久。

地址是活的，它會動，會隨著地皮的開發、村鎮的伸展而遷移變貌，甚至長高加長，地址也可能被人帶著走，比如一生都在漂泊的流浪者，居無定所，地址就隨著他換來換去，因此像古人所謂的「太平基址千年永」的地址，於今恐怕已不存在。至於「永久」與「臨時」也只是相對而已，有人把「臨時」住成「永久」，也有人計畫中的「永久」，不料卻縮短成「臨時」，更有人從來就不曾擁有過「永久地址」。

地址一旦真的永久了，表示這個地址已經壽終正寢，一個死去的地址對人來說也失去了意義，就像死人的墳墓，而即使墳墓也不永久啊！

那什麼是「永久地址」呢？我想來想去，終於發現那是一種接於地根的感情，是一條人與土地的臍帶。這份感情讓人覺得有那麼一個「不如歸去」或「葉落歸根」的地方。所以我想，每個人都有一個「永久地址」，縱使不用，也會長遠存在心中。

本文台語版選入《閩南語朗讀選集》（教育部，二〇〇八），英譯版 'Permanent Address' 選入 "*Contemporary Taiwanese Literature*"（translated by Ou Binsiong，台文筆會，二〇一〇）。

雨落在嘉南平原

最近半年，每次返鄉，我總要問一下父親：「最近咁有落雨否？」父親的答案也依然是：「無咧」。不過這一回我不必問了，因為乾渴已久的土地正在承飲這陣長雨，雨聲，聽來像是歡喜聲。

真好，尤其這個放假日，雨，落在嘉南平原。開車沿著靠海的鄉鎮，趕往南鯤鯓的槺榔山莊。

一路上，曠闊的田野草原，近看青翠，遠看青黑，就像罩著一襲灰色的帆布，沿路替咱們遮住那顆七月流火的太陽，帆布內，水霧輕輕浮在空中，雨腳像透明的水紗斜斜踏下來，踏著田、踏著樹，最後踏到我的眼前，墜落、墜落、墜落……，墜在柏油路上，落滿整片嘉南平原，也落在我的車蓋頂，答答答，直踩個不停，好像大雨滴在屋瓦上，奏出迷人的旋律。

眼前擋風玻璃上的雨刷，左右兩邊，撣來撣去……，撣開雨水，撣出一個半圓的雨景。車頂上滴滴答答的腳步，或緊或慢，走入腦海中，再度拍醒我小時候聽雨的記憶，啊！那感覺真美好。

也許在我靈魂的本體內就有雨的元素，所以從孩提時代起，我對雨總是抱持著一份好感，愛看雨、也愛聽雨，甚至愛耍雨。記得那時候，我家還「安裝」在故鄉的老屋舊厝裡，若是遇到下雨天，我常會坐在眠床上的窗戶旁，邊聽邊看，聽嘶嘶沙沙的雨聲，看哩哩囉囉的雨滴。雨，好似透明的銀珠子，一粒一粒，拍著樹葉，掉落到厝瓦、跌落到地面，然後流向屋角那邊去。這種情景感覺起來，是世間最恬靜也最純和的時刻，特別是「烏龜滴」（細雨）綿綿灑的暗夜，更是靜，靜得連草蟲在哭泣的輕聲細語都聽不到，只有雨聲像一支天上傳來的懷念老歌，滾著蜜汁在我的心坎裡濡開來，愈濡愈溼，感覺也就愈甜美。

「渭城朝雨浥輕塵，客舍青青柳色新……」

「孤燈寒照雨，深竹暗浮煙……」

要是在毛毛雨的黑陰天唸起幾首漢文古典詩，心頭上更會充滿詩情畫意的氣味。就是這樣，我讀國中那時，便將我的小書房取名「聆雨廬」，還特別刻一個叫「聆雨廬藏書」的橡皮印章來戳蓋我的藏書，二十年後的今天，那顆印章仍然保存在嘉南平原的故鄉。我打算有一天，要回來鄉下搭一間茅屋，那將是真正的「聆雨廬」。

雨，一陣一陣，落在嘉南平原。斜斜的風，細細的雨，有時偏向西，有時偏向北，若行若遠，邊落邊暗，一直落向地平線那邊。

雨景雖然美麗，但不是所有的雨都使人歡喜。尤其颱風天，做水災，每次都害慘我們這等莊稼漢，有人說「天公疼戇人」，然而狂風暴雨卻將最憨直的貧農們搧得淒慘落魄，我看過我家田園的稻子、蕃薯、菜頭、西瓜、甘仔蜜（蕃茄）……，曾經一次又一次被風雨打壞掉，當颱風過了，佇立在田埂邊也只能用閃爍的眼眸看著田園被風雨侮辱過的傷痕，面對這種情景，嘴裡嘆息，心裡仍不敢怨嗟上蒼無眼，橫豎自古以來，這總是田莊人的命運，我的長輩，他們就是這樣子。

雨，落在嘉南平原，時好時壞，而這陣雨，從早上落到下午，不知是好是壞？但願這一串雨，不要喜極而泣。

想到這裡，我的車過了八掌溪，再轉兩個彎，彎入小路，漸漸地，一畦畦的鹽田，噢！不，可能是魚塭仔，四四方方的水埕一塊接著一塊，瀝青路像一條溼淥淥的黑帶鋪在水面，路標指向東邊四點五「起落」（公里）的地方，我想，鑽過這一層雨，有文藝營正在進行的南鯤鯓廟就看得到了！

本文台語版選入《台語散文一紀年》（林央敏編，前衛，一九九八）、《大學台語文學選（下）》（師範大學編，遠流，二〇〇〇）及《台語文學讀本(2)》（方耀乾編，金安，二〇〇四）。

悲傷河

清，宣統二年，老人在離河畔不遠的村落出生，一生的足跡幾乎都印在這裡。而村後的小河更是他的生命源頭，從他會走路開始，便日日夜夜在這裡踩踏、遼涉，透過腳掌與土地的溝通，小河彷彿和他的血脈連在一起。但是曾幾何時，這條河竟從他的記憶裡撤退了。

一直到那天下午，為了找尋孫子，他才再度走到河畔。「唔？」老人內心感到疑問，是的，陌生了，已經多少年不見，老人自己都記不清楚。

那天，十歲大的小孫子可能失蹤，因為整個早上見不到影子。早晨還在庭院裡跟一群囝仔追逐戲球，一下子就不見了，中午也沒回家吃飯，這是不曾有過的事。找了幾處孫子常去的地方都無功而返，只好請村長廣播，老人的綽號第一次透過麥克風從空中宣洩出來，他想，全村人都知道他此刻焦急的心情，實在沒面子。當廣播結束時，老人開始倚門望閭，可是仍然望不到孫子的身影，有村人來說，最近幾天這些囝仔常到河邊玩。「溪底，後壁溪底」，老人一聽到這個鏞掉的「地名」，頓時驚惶起來，「那危險，猴囝仔愛耍（玩），不知死活。」說著，立刻往村後走去。

走出村落，有三處小徑可以通往河畔，最近的一條是在兵仔營的旁邊，小河流到這裡轉個大彎向北流去，兵營就建在河曲的地方，老人選擇這一條便道，他想，到了河邊就可以沿著沙灘尋找。可是當他來到岸上時，發現整條河變樣了，面目全非，和他的記憶大不相同了。陡直的岸下就是水道，南岸的沙田全部搬到北岸，因此對岸形成一片廣闊的洲渚。他至少十餘年、甚至二十年沒走到這裡，不知什麼時候，沿岸綿長的甘蔗園全失蹤，因此視野平坦，可以窮極目以遠眺，他望著四下無人，肯定小孫子沒有在溪邊。一時間老人被河流的遽變駭住了，許多往事，如煙的往事此刻又凝聚在眼前。他隨便找一塊雜草較蓊密的阜地坐了下來，居高臨下，忘了他來到這裡的目的。

在老人的幼年時代，這一脈溪流一直提供村民的日常用水，那時，村人每天要來挑水，這個河岸的缺口便是先民開掘出來，以便取水之用的。後來，古井一口一口鑿開，較富有的人家會自備一口，散窮人也會幾戶共鑽一井，於是河水自然退出民眾的必要生活圈。在老人的青、壯年，他和族人常到河裡網魚，那時這個河曲處總是魚族成群結黨的所在，大魚、小魚都來會齊，一到春夏之交，桃花流水鱖魚肥，老人的繩網便會從前後半里處包抄過來，當年，民生本凋蔽，鄉窮人更窮，但他的族人所以還能夠嚐到新鮮清甜的魚肉，實在也是拜這條溪流所賜。後來魚塭漸興，魚販也漸多，生活水準有點起色了，吃魚不再是奢侈的事，老人也就很少下河捕魚了。隨著時代變遷，村人與河流的關係日漸淡薄，老人已記不起他最後一次來到河邊涉足河水是在哪一年。總之，那是很遙遠的事了，他不需要走到河邊是多麼自然，自然得一絲兒感覺也沒有。

不過現在，這條溪卻以極大的力量抓住他，重新敲動他那已經遲鈍不堪的思惟能力。眼前狹窄的水道和近乎停滯的水流都不屬於他的記憶，如果不是兵仔營還在、跨河的火車橋還在，他會誤認這裡不是「溪底」，不是牛稠溪流經太保鄉水牛厝莊的一處「溪底」，而是一道某年開挖的排水溝！尤其是河水怎麼變得比濁水溪還濁，比村內的水溝還臭，更是叫他訝異不已，以老人簡陋的知識，恐怕無法找出答案，他想像不出城市與工廠的廢水有著窒息河川的殺傷力。其他如沙洲北移，河道南遷，兩岸的草樹枯萎，芝麻、甘蔗、土豆等等原先遍佈於河畔的農作物皆已絕跡江湖，老人除了慨嘆物換星移幾度秋之外，他得不到任何足以讓他認為合理的解釋。

真是慘淡啦！一條悲傷的河流！老人這麼感覺。

在老人的經驗中，這條河一直揉合了美麗與悲哀，淡淡的美與深刻的悲。他的首度印象應該是在童年，他隨同長輩和其他同儕到溪岸割草的時候。那時，近些，河水澄澈見底，像一池偌大且長的水族箱，可以看清河魚悠游的神情，水色掩飾不了水底世界；遠些，河面成了一面鏡子，天空飛過一隻鳥、一片雲，不必抬頭，便能在水中擄獲飛鳥浮雲的姿勢。兩岸，青青河畔草像軟軟的翡翠田，多美啊！可是令人悽愴的景物卻夾在這幅美麗的畫面裡，那是屍體，動物的屍體，俗話說「死貓吊樹頭，死狗放水流」，所以河岸或沙洲的草叢間，常常會有死狗的屍體，這是民風，是村人一代傳一代的靈魂知識，雖惹人厭卻不足為奇為惡。而令他怵目驚心的是嬰兒的屍首，那次，他正高興地割著水湄的一簇蓊鬱的草，突然間，草梗下露出一具嬰屍，蛆蟲擠滿嬰兒的肚子，蠕蠕蛀食著內臟。他嚇了一跳，連忙走避。怎會有紅嬰仔的屍體呢？

他向大人問了幾次，大人總是回答他「囝仔人不識」。終於還是從小朋友的溜嘴中得到了答案。他聽說村中如果有婦人產下怪胎，像是雙頭、連體、長短腳、缺掌斷臂……等所謂五體不全之類的，或者嬰兒不幸夭壽了，分娩者的家屬為了面子問題與鬼怪迷信，不願「醜事」外揚，都把死嬰藏在畚箕裡，假裝做垃圾偷偷地埋掉，或者倒在荒野或河裡，因此這個村落又名「畚箕莊」。他想，一定有不少稚嫩的靈魂徘徊在這條河畔，怪不得「溪底」這個地帶總是叫人覺得荒涼神祕，也怪不得某個小朋友傳說有人夜半時分在河邊被一群小鬼追逐。老人回憶著，過去很少關於畸嬰的傳聞，也許就像這樣，都被打扮成垃圾祕密解決了。想到這裡，老人似有所悟。

老人獨自坐在河邊，除了讓意識之河盡量往前溯流之外，便沒有其他想像了。當老人想到「鬼魂」這個意象時，很自然地，賜臨仔的慘死又回到他的眼前……

那是大約五十年前的某一次暴風雨之後，當大風颱隨著黑夜離開村子以後，村人紛紛走到戶外，街巷間有人傳播並討論他的童年玩伴賜臨仔昨夜在溪底的田寮過夜，看顧正當成熟中的西瓜園，隔了一夜到天明，一直沒回家，賜臨仔的家人到溪底找人，只見汪洋一片，因此認為賜臨仔準是遭洪水帶走了，當年輕的他聽到這事時，立刻招了鄰居幾個同沿壯丁前往溪底找尋賜臨仔的下落。他們來到河邊，新的河邊，因為原來的河岸已成了河床。平日只有兩丈寬的河道一夜間擴展十幾倍，沙洲沉沒了，只能從突出水面的樹叢辨認沙洲的方位。「賜臨仔的西瓜寮就搭在那欉樹的左手邊。」有個青年指著遠處的水面說。然而，那個地方除了樹枒攔住了一些雜物外，就只剩下浩瀚的黃土湍流，顯然賜臨仔的西瓜寮被完全吞沒了，那麼賜臨仔的運命也就凶多吉少矣！面對這樣的大水，幾個高強大漢也只能看著漂浮水面的西瓜慨嘆天地不仁，竟以萬物為芻狗，然而慨嘆只是徒然消耗一些無奈的氣體而已。

一個星期後，賜臨仔的屍體被別鄉的人在中下游發現，聽說已經腐爛了部分。這次水患，同時奪走了養鴨人家的番鴨一群又一群，村人在沿岸的田產，除了甘蔗猶有倖存之外，全部被河伯所劫。水退後，許多人來到河岸邊，只能灑淚控訴這條悲悽的河流。

老人想著這件往事，他那模糊的眼力直直地射向對岸的沙丘，那裡應是賜臨仔英年命歸黃泉的所在。黃泉，確是黃泉，他的腦海正浮著當年挾帶泥沙的滾滾洪流。

若是有氣象報告，賜臨仔這個時候也許會在老人會和我一起下棋呢！老人如是想著。然後吐了一口嘆息。唉！

這裡，還曾經沖走幾個將涉水而過的村夫村姑，也溺斃了幾名在河裡泅泳、捕魚的村童。河的北岸還摔過幾架尖喙的戰鬥機，好像這個地方帶有磁力似的，會把由天掠過的鐵鵬銀鵰給吸下來。某次飛機失事，他就在附近捕魚，當聽到遠處響起一陣爆聲時，他抬頭北望，看到空中開著一朵白傘並且掛著一個飛行機士正在緩緩降落，他立刻知道發生了什麼事，同時也為這個飛行機士感到慶幸，但是很快的，心中那句「好佳哉」都還沒說出口就轉為「啊啊！較邊仔咧（旁邊一點）」，因為飛行員即將著地的位置恰是一片竹叢，他緊張又急切地希望那朵大白花能夠往南偏一些，最好凋謝在沙洲上的瓜田裡，可是夏季徐徐吹著的南風並未突然轉向，他到底還是愛莫能助，當飛行員的慘叫聲傳進他的耳朵時，他只有掩面而搖頭，所有卡在喉結的話語全部化成一息軟弱無力的嘆聲。

漸漸地，在老人的潛意識裡，這條溪流著不祥的影子。所以當他聽到自己的小孫子可能是到溪底遊玩時，他直覺地想到危險，便匆匆趕來了。然而萬萬沒想到，多年不見的河流竟枯萎了。他想，河一定患了病，或者什麼地方受了傷。

唉！老人站起身子，長嘆一聲。老了，自己老了，河流是不是也老了。他不再埋怨河流，反而有一股悼念的心情襲上心頭……

車窗外

我突然望向窗外，感覺復興號火車如一尾橘紅的大蟒蛇在丘陵的夾縫間蛇行，這裡應是苗栗縣境，窗外是陰暗的雨季，看不到風，只見斜斜的雨封住了整個玻璃窗，玻璃面上好像掛著一張水珠簾子，每一道流蘇都化作一尾透明的蝌蚪，由頂端曲曲折折地游下來，於是窗成為一面豎立的池塘。我知道穿過這一群山丘就是台中盆地，嘉南平原也就不會太遠了。

小睡片刻吧！當火車走入嘉南平原的時候才有精神好好端詳這片屬於陽光的土地，那裡是我的人生的第一個舞台。可是閉起眼睛後，嘉南的風光水土卻像一部黑白紀錄片，立刻在腦海放映出來，無法暫停，也無法拆去錄影帶，畢竟，這是親身主演的人生，每個事件都真實地發生過。唉！我懊惱地張開眼，面向窗外吐了一口氣，玻璃窗上立時生出一層薄霧，只見自己模糊的臉正藏在霧層裡。

我只痴痴地望著窗外，雨在什麼地方停了，或者火車在什麼時候游出陰雨的區域，我毫無感覺，直到台中市一叢一簇的樓影傾入視野，我的意識才恢復過來。車子停住，旅客下下上上，月台上已經沒有販賣便當雜貨的小販。我想起老流行歌〈田莊兄哥〉的口白：「台中到了，台中到了，便當壽司！」、「台南到了，台南到了，蠶豆瓜籽！」那是好多年前的月台景象了，現在的冷氣火車，車廂密閉，封死的玻璃窗已不容旅客探頭伸手。現在肚餓嘴饞時只能向鐵路局的「快車小姐」購買高於市價甚多的零食或飯盒。我不禁懷念起昔日的月台來，那種古樸憨實的叫賣聲多可愛。

車聲轔轔，車身往前直竄，轉個彎跨過了大肚溪，終於穿出大肚山，整排山脈開始向左撤退，讓出一片曠野，這是嘉南平原的北疆。不久，一股嗆鼻的酸臭味襲過來，什麼樣的氣體這般厲害？竟能滲透厚玻璃的隔絕，也許是從門縫或冷氣孔偷渡而入的，有人摀起鼻子表示難受，有人擠起鼻翼，發出哼哼然的鼻聲，有人用手掌搧著空氣。這些都是順手自然的動作。來到這片異味統治的地方，我就知道台灣工業鉅子王永慶的台化工廠到了。據說這家曾經是台灣島上最大的工廠，資本家為了報效鄉梓，原本要建在嘉義西郊也就是我的家鄉的前面，可是民間傳說當年的縣太爺沒有坦蕩的心胸，也想涉足爭利，以致廠址移到如今八卦山大佛的腳下了。聽說老去的彰化人曾經舞龍舞獅，敲鑼打鼓，熱烈歡迎這家工廠的蒞臨，可是當彰化的天空飄著一幅潑墨的今天，當地人氏卻希望送走這隻充滿化學腥味的巨靈，以便拾回昔日純潔的藍空。不久，工廠就要南遷，「遷回」嘉南平原的中央地帶，也就是嘉義縣新港鄉，一個正在犁土開發的中洋子工業區，南靠牛稠溪，恰是我家鄉的後面，經過二十年，工廠即將回到原鄉，從前在溪南，這次在北畔，黧黑的雲霧也將南下，當地的鄉野田夫已經數度組成現代的宋江陣四處陳情抵制抗議了，而我卻懷著迎接且抗拒的矛盾。受傷的鄉土，呻吟的河川，豈能再受摧殘！然而，脆弱的工農聲音在好大喜功的當政者與資本家的掌風下碎散了，人們只能期望資本家能好好地過濾自己的大煙囪和大尿管，這是車窗外的嘉南平原。

火車南下，在綠色的胸坎上奔馳，風景撲進眼裡，兩旁的水稻連成蒼翠的大海，以眼光也抓不住的速度向後掠過，稍遠的屋舍和樹叢好像豎在一個大輪盤上作弧形轉退，更遠的山被猛烈的陽光籠罩著，也在慢慢地退，當我企圖把眼睛定在某一座山尖時，山卻又彷彿向前跑了。車在動，風景也在動，我靜坐靠窗的椅子上，似乎成為全世界唯一不動的圓心。

每次來到濁水溪的上空，我都會自然地往下凝望這條台灣最寬且最長的河流，從小我就聽過這條河的大名了，當台灣的山川還不曾被資本家染黑的年代，聽祖父一輩的人說，西螺大橋的濁水溪很玄奇，終年悠悠流著濁水。又說：這一脈濁水一直關係著台灣島的命運，每逢台灣島發生驚天動地的事故或者即將發生時，濁水會突然變清水。老人傳說：鄭成功、大清王朝以及日本帝國來台時，靈性的濁水溪都以清流顯象。這樣看來，山川有情，與民同命。受了這個迷信的影響，此後，每次車臨濁水溪，我便好奇地看著河流，想起它的神話。也許它本來就是黑色的河床，或者源頭某處是黑土地帶，水把黑沙挾帶下來而已。據說這種黑水最肥沃，所以兩岸的稻米最香，西瓜最甜，可惜我未曾品嚐，想來不無遺憾。

大約三分鐘吧！車子越過黑色的水域。濁水溪包公的臉，非洲人的皮膚留到今天正好用來掩飾被汙染的痕跡，這是西部其他河川所沒有的功能。當我的視線離開河岸時，突然想起小時候某個同伴的危言，他說：未來濁水溪還會變清，那是第三次世界大戰爆發時，那時台灣將有大事故發生，可能嗎？資本家的工廠容許河伯故弄玄虛嗎？哈！想到這裡，我輕笑一聲，引起旁坐旅客遞過來一瞬驚異的眼色。

如果台灣島是斜臥太平洋西岸的一尾大肚魚的化石，那麼嘉南平原就在魚腹上，火車沿著靠近脊骨的魚鱗紋行進，過了濁水溪，速度加快，向西看，村莊被千畝稻田淹沒了，向東望，山成為漫長高大的屏風。車窗內，已經不少人頭擱在沙發椅的背上睡著了，我想他們的終點還遠，或者他們的故鄉不在這裡，否則應該醒來，好好關照自己的家園，看看土地有沒有受傷，這裡是台灣一千九百萬隻嘴巴以及未來更多人口的穀倉，我想，任何島民路經此地，都應檢視這塊土地的健康情況，尤其是生長於斯的子民。然而坐在西窗下的一排客人都把布簾拉下來，切斷溫暖的陽光，也隔絕了射出窗外的視線。我想，他們一定不知道，台灣每天有五十二萬噸的廢水排入農田，不少作物必須強忍惡臭來飲鴆止渴，因為這些農地無法拒絕被汙染的河川和地下井，所以六分之一的水田受傷了，膚色漸黑，不是肥沃的烏，而是中毒的汙，據說，台灣島的稻花每季有幾千萬朵結不成穗，到了二十一世紀，將只剩下目前之半的可耕地，可是島民的胃部總容量卻增加三分之一，到那時，誰還有心睡得安穩，當他們再度車過嘉南平原時。

我靜靜看著窗外的山，雖然不認識這一系列山的名字，但它們的形象在我的記憶裡是熟悉的，小時候，我幾乎天天望著遠山幻想，指認那一座山峰是神仙的住所或高人修練的地方，俗話說：「日頭落山」，表示太陽下山，可是太陽卻也從山中起床，我曾想，太陽一定趁著夜黑時，偷偷地從西邊跑回東邊的山裡睡覺，否則為何老是從東方出來。這個懷疑今天想來實在幼稚得可愛。

屏障嘉南平原的所有名山，我只認得關仔嶺，那是一座孤立在群山之前的山峰，山巔好像理了平頭，向著平原的這一面山崖從我出生以前就掛著三道白布幛，那是被石灰工廠挖掘之後所露出來的「山肌」，遠看，成為關仔嶺的標誌，山不在高，有仙則名，關仔嶺上有好幾座古剎，成為仙道佛僧隱遁修行的好地方，不過山腰間，幾道天然瓦斯和石灰泉使這一座山同時成為溫泉鄉，所以山的兩邊，一面是色欲天，一面是無相天，人類在這裡經營色欲天，人間煙火日日燻著無相天的諸仙列佛，再加上石灰工廠製造的灰塵大量飄浮山間，使據稱佛法無邊，神通廣大的佛菩薩們也莫可奈何，只好靠僧徒來清滌滿身塵埃了。

關仔嶺坐落在我家鄉的東南方，只要陽光普照的季節，都可以清楚地眺望它，從小，它就成為我經常辨認的山，所以當關仔嶺出現在車窗外時，我就知道瀕臨北迴歸線的家鄉近了。斗南過後，車子繼續南下，我的心情開始浮動起來，窗外是越來越熟悉的風景……。

本文選入《台文戰線文學選二〇〇五～二〇一〇》（林文平編，台文戰線，二〇一一）。

回首傳說地

水牛厝

本省村鎮的乳名都有特殊的意義，往往表示該地的某一特徵，關乎村子的由來，或是地理形勢或物產。多竹之村叫做「竹仔腳」；劉姓之莊稱為「劉厝」；畜鹿之家命名「鹿寮」……，這些可說都是約定俗成的。我的家鄉也由於水牛的緣故而成了「水牛厝」。

這是嘉義縣太保鄉邊疆的一個大村落，雖在邊疆，卻是全鄉最發達的村落，瀕臨嘉義市，高速公路在這裡有個進出口，約一千戶，人口集中，四郊一片沃野。當村後的牛稠溪和村前的大池塘尚未枯萎之前，她是個漁米之鄉。在這裡，自古便孕生了許多美麗的傳說，這些故事附著於水牛厝的土地上，似乎有跡可尋，它們代代傳下來，滋潤著每個村民的心靈，也滋養了我的童年，我的根就這樣植入了這塊夢土裡。

多年來，我一直在北部勞碌，逆旅奔波，孤獨無助，每次回首，總是這塊充滿傳說的鄉土在慰藉著我，最近返鄉，我帶了一個朋友回來，領著他一起尋找我童年走過的腳印。沿途，我把水牛厝的傳說傳給一對外地來的耳朵。

八頭水牛

相傳，當鄭成功趕走荷蘭人之後實施寓兵於農政策，把千里沃野賜給他的麾下將士和民眾墾植，其中，鄭成功告訴他的部將大中大夫葉觀美說：「你從赤崁（台南）騎馬向北走，三日之後，所到之處就歸你屯居。」於是葉觀美率領士卒啟程北上，三日後，馬蹄落腳在今天的水牛厝這個地方。那時，鄭成功為了便利士兵墾荒，乃賜予八頭水牛協助居民，日出而作時，水牛分散附近各地，日沒而息時，水牛回到本莊，集中在葉家大厝裡，漸漸地，此地出現幾座村落，東莊「竹仔腳」，十餘戶都處在竹叢之下；南莊「埤仔腳」，十餘戶人家住在大埤的出水口；西莊「麻魚寮」，數十戶中多數人以植麻網魚維生，這是本莊葉姓旁系所拓展出來的新興村落；東北莊的「新廍」與「溪底寮」，零星五六戶搭在牛稠溪畔的洲渚上，像是本莊所遺落的兩粒衛星；而百餘戶的本莊因為是水牛的住所，同時村民為了感謝水牛的辛苦，本莊自然而然就取名「水牛厝」了。

現在，水牛厝的村中心有一間家祠俗稱「公厝」，據說這就是葉觀美大夫的辦公處及其本家的所在，公厝一帶俗稱「九房」，住的都是葉覲美後裔。村人多半姓「葉」，或許也和葉家九大房有關。

墾荒之初，地廣人稀，八頭水牛遂因疲累過度而相繼病斃，純樸的先民感念牛恩，不忍啖食牛肉，皆予全屍厚葬，葬在今天水牛厝的南新派出所附近，這裡人稱「牛埔」，就是「水牛的墓場」。我念小學時，班上就有幾個「牛埔人」。

金牛埤

牛埔東鄰有三公頃多的大池塘，形如一頭牛，這是水牛厝的靈魂之窗。雨天，村子多餘的水靠它來容納、排洩。每天早晨，婦女蹲踞在池畔洗濯衣服、家具，乃至馬桶。夏日午後，總有一群小孩裸光身子在池裡游泳玩水，也有幾隻水牛在浸水納涼。小時候，每當黃昏，我喜歡佇立池畔，細看池塘景色，看水裡輕輕晃動的樹影、屋影、雲影……；看白鵝黑鴨在水面悠然漂游；看夕陽傾下一排紅光，彩霞染紅池塘。到了夜晚，整個黑色的水面泛著一片片的鱗白，不知是碎裂的月光，還是掉落的星子。那時我自詡水牛厝是個風光明媚的鄉村，和風景日曆上的圖一樣。

池塘的地權屬於「九房」所有，但實際上，除了養魚捉魚之外，任何人都可以使用它，精神上，它更屬於全水牛厝莊的人。

平時，我們稱這個池塘叫「頭前埤仔」，因為它處於村子前面。然而它自古便有一個來自神話的名字——金牛埤。傳說，那最初的八頭水牛中，有一隻沒葬在池西的牛埔，而是葬在東岸的角落上，勘輿師測知這個角落風水絕佳，地屬牛穴。又說，這頭牛葬對了地理，將庇蔭水牛厝，使村子更發達。傳說，這頭水牛能吐金子，吃著一種特殊的「金牛草」，死後還一直生活在池塘裡。有人同時牽九頭水牛進入池塘洗浴，不期然間，發現變成十頭，但當他把十頭水牛牽上岸時，卻只剩下原來的九頭，於是村人說，那隻多出來的水牛就是「金牛」的化身。這頭金牛肚子餓時會出現在岸上吃草，可是被牠吃過的草，隔日又完好如初。曾經有人半夜歸來，看到一頭水牛在吃食岸邊的稻子和甘蔗，然而翌晨路過，卻看到農作物毛髮無損，因此人們斷定那是金牛顯靈。類似這樣的故事，我的一個少年同學說他的父親曾親身見過，而非只是聽自傳說。

就是這樣，吾村的大池塘被取名「金牛埤」。

永恆的金牛

傳說中的地理師說，金牛是水牛厝莊的守護神，只要金牛不離開，水牛厝就不會衰敗，而且還會更發展。我的鄉親都相信這句話。小時候，我聽到這則故事時也深信不疑。相傳，金牛曾經歷劫一次，險些離去水牛厝。

那是荷蘭人剛被趕出台灣不久的年代，當時有一個外地人，據說是尚未離開台灣的荷蘭佬，另有一說是來自大陸的唐山客，這人身懷靈異之術，慧眼神通，能夠認出什麼是「金牛草」。有了金牛草，就可以誘引金牛上岸，再讓金牛吐黃金致富。某次，他來到水牛厝，在池塘邊尋找金牛草，終於他發現金牛草生長在西畔的一塊草地上，於是他向土地的主人洽購一小塊土地。主人是個貧窮的農婦，聽到有人願出高價買她的一塊無用之地時，非常高興，立刻答應，雙方談妥數日後交錢。

外地人走了之後，善良而熱心的老婦看了看那塊荒蕪的土地，心中過意不去，就拿起鋤頭，把土地上的雜草清除乾淨。數日後，外地人帶著錢來了，當他看到那塊地變得那麼清潔時，悵然若失，雜草除矣，金牛草也不見了，通通連根拔起，於是不買了，老婦很驚訝，怎麼好心替人除草，人家反而不要了。自然，老婦不懂這個外地人是「買地之意不在地」。當外地人臨走時，感慨地說了一句話：「註該水牛厝不敗（不衰落）。」

註該水牛厝不敗，這句話似乎成為吾鄉人的信仰了。每次村人講述這個故事時，一定會引用這句話。

自從金牛草被除去後，那頭牛便不再顯靈了，然而，吾村人相信，金牛永遠留在池塘裡，和水牛厝長相左右。

十八年前，村人在金牛埤東岸蓋了恩主公廟，廟址據說就是牛穴所在，恩主公廟的香火蒸蒸日上。祖父說，這是廟、金牛與村子三者相得益彰。數年之後，據說牛靈來廟中下籤，要村人祭祀牠，於是廟裡有了牛神之位。越數年，恩主公廟管理委員會又在廟側蓋了一間專門供奉牛神的「牛將軍廟」，俗稱「水牛廟」，裡面塑了一尊牛郎牽著一頭水牛的雕像，以示水牛厝人不忘水牛之恩。

高速公路通車後，這裡成為嘉義交流道的休息站。七年前，自從蔣經國總統感於「牛恩傳說」特地造訪水牛廟後，每天蒞此休憩的遊客和香客絡繹不絕。現在，金牛埤現址正在改建，將建成一座農村民俗文物公園，日後，水牛厝的繁榮可以預卜，對此，村人無不欣喜萬分，他們相信，這就是金牛賜福水牛厝的驗證。

前幾年，在池塘西岸出現了一簇甘蔗，和水牛廟隔岸相對。年復一年，不斷成長，高近三層樓，與旁邊的竹叢比肩了，村人非常驚異，咸以為神蹟，路過的人以為是變種的竹子。去年某次，我返鄉渡假，在水牛廟前遇到流浪在外的三叔公。「叔公，你回來喔！」我說。「我帶人來看那叢甘蔗，這是咱們村子的奇蹟。」叔公說。

三叔公把這株特高的甘蔗形容成奇蹟，就更加引發我的好奇。我聽長輩說，那叢甘蔗的所在就是當年生長金牛草的地方。翌日，我便跑到甘蔗前，細細地端詳仰望，謹慎地拍照留念。

主人黃先生恰好在家。我便和他聊了起來。

「這是什麼品種？怎麼長得這麼高？」我問。

「這是普通甘蔗，溪底甘蔗園剉回來種的。」

「你為什麼特別種這一欉？」

「原本不只這一欉。我本來這樣想，池塘邊這塊地沒用，隨便插一些甘蔗來吃也好，不多久，旁邊的都枯死了，剩下這一欉愈拓愈多，愈長愈高。我就隨在（任由）它長了。」

黃先生的話使我想起金牛的傳說，莫非古老的傳說是真！我驚疑著。村中迷信的老人們一定認為金牛永遠在這裡，而這簇甘蔗已代替了金牛草。

三個土地公

傳統的台灣人相信，天有天公，地有土地公，天公只有一個，而土地公有無數個，尤其在鄉間，處處可見矮小簡陋的廟宇，那就是「有求必應」的福德正神祠。

老人說，每個村落都有一個土地公，負責看護這個村落，調查並記錄該村的人事，以便上報天庭，講究賞罰。然而在水牛厝，我至少知道有三座土地公廟，一座在「莊頭」；往亂墳崗的路角；一座在「莊尾」，往溪底的農路口；一座在牛埔，往縣城的路邊。我不知道哪一個土地公是吾村的正座或首座，也許他們各有管區。小時候，我以為大概是水牛厝「莊頭大」（大村）吧，所以有三個土地公。直到三年前，我才從大堂叔的口中，得知三個土地公的來歷，原來，其中兩個，是從別村搬家過來的。

大堂叔的故事得自他的父親，也就是我已經去世的二叔公。

故事發生在明鄭初期，那時，在水牛厝南方的大圳溝旁曾經有過兩個村落，「瓦仔厝」與「西勢仔」，兩村人民都飲用圳溝的水。據說，這條水溝裡有兩塊矩形石頭，黑亮如金磚，這是村民汲水時的墊腳石，兩塊金磚關係著圳溝水質的清濁，有之則清甜，失之則汙濁，所以兩村民眾皆視之如共同的「村寶」。

當年，荷蘭人被迫放棄美麗的福爾摩沙，他們是陸陸續續離開台灣，離去前，想盡辦法破壞地方風水。有一天早上，當村民提著「腳桶」（木製水桶）走到圳邊準備舀水時，發現圳水變濁，起初以為是源頭遭人攪混，但檢視兩塊金磚，竟然無翼而飛，憤怒的村民立刻聯想到這是紅毛番幹的，乃攜械帶棍，集結前往荷蘭人的地方公署，意欲索回金磚，但是他們發現荷蘭人已經失蹤，都連夜撤走了。悵然的村民只好委屈求全，退一步想想，濁水總比沒水好。於是他們汲取濁水回家，等待澄清再飲用。

然而，可怕復可悲的事情發生了。午時過後，所有飲過圳水的人都病倒了，而且一病不起，至夜皆死於不明疾症，因之，兩村人馬只剩下少數一大早就外出工作的人，這些倖免者只好暫時避居別村的親友家中，最後，在缺水的情況下，通通離開傷心的故土。於是，瓦仔厝和西勢仔一夕間成了死村，暮色裡，兩座廢墟格外荒涼。而兩村的土地公也跟著倒楣，斷絕香火，飢寒交迫，落得寂寞守空村。這時，虔誠的水牛厝人大發慈悲，除了接濟部分倖免者之外，還把兩村的土地公請來定居水牛厝，自然，水牛厝的土地公也歡迎兩位弟兄加入，這是「人人互愛，神神相護」吧！

此後，水牛厝莊有了三個土地公，村人說，三個土地公會使村子更平安，還會促進水牛厝茁壯發展。據說，瓦仔厝和西勢仔的活口中，有人也追隨他們的土地公搬到水牛厝來了。

如今，水牛厝是鄰近方圓十里中的最大村落，是否也和三個土地公有關呢？

今天，水牛厝南方正有一條大排水溝，在我的童年時就汙濁了。不知這條水溝是否就是傳說中的圳溝，而消失的村落會是今天的「埤仔腳」和「官佃」嗎？

紅土崁

牛稠溪在水牛厝的北方連轉三個彎，對岸是民雄鄉的兩個村落，牛稠山村與三間厝村。在三間厝附近的溪岸有一段遠看大約一百米長的紅土，吾鄉人喚做「紅土崁」。這是一塊很奇特的地理，斷崖一般懸在廣大的黃土草原間，終年草木不生。小時候，每次來到溪畔，眺望對岸的紅土崁，心中不免疑惑，這是為什麼？

某次，和小堂叔到溪邊刈草，割了一陣子後，我們到水邊玩耍。這時，我不期然地說出心中的疑惑：「奇怪，為什麼只有彼截溪崁是紅色的呢？」然後，小堂叔說出了紅土崁的故事：「牛稠溪曾經流過三天三夜的紅水……。」小堂叔說。

傳說，太保鄉境有一條龍。如果站在高處俯瞰廣袤的蔗田，可以看到某些蔗葉的末梢枯萎了，這些枯乾的蔗尾連接成一條大約十公里長的曲線，從水牛厝後方向太保村蜿蜒而去，這就是那條龍的影子。後來又有一次，也是和小堂叔來溪邊割草，累了渴了，我們跑進甘蔗園「偷折」甘蔗吃，然後爬上新蔀村人種在溪畔的龍眼樹上摘龍眼，這回居高臨下，我果然看到密密的甘蔗園的末梢，有一道寬約一米半的枯葉痕跡向西南方綿延而去，那時，我自然以為這是傳說中那尾龍的身影。

太保村人王得祿在清朝嘉慶君時代官居福建浙江提督，村人說，王大人到了晚年，性情變得很「奸」。有一天，他帶領隨從出巡。他出巡時一如皇帝，路人見了都須肅靜迴避或跪下磕頭。那次，他走到牛稠溪北岸的「牛稠山」莊的郊野，民眾皆跪在路旁時，單單有一個牧牛的小孩不信邪，小孩想：你是人，我也是人，你又不是皇帝，我為什麼要向你跪。於是牧童非但不跪，還用小石頭在路上排出一道橫欄。當王大人的坐騎走到這道橫欄時，馬突然嘶嘶叫啼，舉起馬蹄卻跨越不過。等人移開小石頭才順利前進。王得祿心中狐疑，離去後詢問地理師，地理師告訴他，本地的地理有一條龍，王大人命屬龍尾，那個牧童屬龍首，將來，牧童會當宰相，應現「水尾出提督，水頭出相國」的土謠。王得祿不希望台灣有人當官比他大，因此他問地理師如何處理，地理師說可以破壞風水。於是王得祿假藉開路，在牛稠山的村外開闢了一條馬路，馬路正好斬過龍頭的位置，路開好後，那個牧童無緣無故死了，而牛稠溪也從紅土崁的地方流出紅水來，這是那條龍的血，血流三晝夜才回復澄清。此後，溪岸出現了這一截紅土崁，這些土便是被龍血染紅的，將永不褪去。

龍頭死後，命屬龍尾的王大人自己也病了，不久他也死了。

從此，這裡的甘蔗園出現了一脈枯乾的蔗尾，像一條龍。而那條路的某一段，據說帶有磁性，任何人或步行或騎車，經過那一段時都會感覺速度變慢，好像被地裡的磁力吸住了。那段路，傳說就是那位牧童死去的地方。後來人們在該段路旁蓋了一間小廟祭奉那牧童，地磁現象才消失。

每次回鄉，我總會到河邊散散步，邊看紅土崁，邊想著它的傳說，想像血流三天三夜的景象多麼悲壯啊！

天兵剿匪

最初，故鄉水牛厝除了土地公、「兵將寮仔」之類的小廟外，並沒有廟。後來，在村前蓋了恩主公廟，數年後，村人又在村後蓋了一座雕梁畫棟式的「王公廟」。其後，又有了水牛廟（正式名稱叫「牛將軍廟」）。但至今，仍然沒有一座屬於全村的公廟。

王公廟正名「玉賢宮」。傳說，住在王公廟旁邊的人，曾在半夜聽到廟前廣場有過操兵練馬的聲音，出門一看，卻是平靜如昔。關於這些聲音，有過這麼一段「天兵剿匪」的故事。

古早古早，林爽文之亂一路攻城掠鄉，官兵披靡，當亂兵攻打到諸羅縣（嘉義）時，水牛厝也成了亂兵掠奪的村落，有十九個勇士領導村人抗敵，雖然把亂兵暫時擊退，但這十九個勇士及不少村人都陣亡了。某夜，當村人都熟睡時，亂兵又從村後偷襲，某些被嘶殺聲驚醒的村人開窗窺望，卻看到那死去的十九個勇士穿甲戴盔與亂賊戰鬥，那時紅雲滿天，有一群兵馬由天而降，幫忙剿匪，一下子，賊寇死的死，傷的傷，逃的逃，之後，那十九人又領著天兵飛昇而去。

此後，亂賊不敢再攻打水牛厝莊。村人稱那十九人為「十九王公」，並且相信十九王公仍舊在保護著村子。

老一代的某些家鄉父老承襲了這則傳說，在十多年前蓋起這座美輪美奐的王公廟。現在，王公廟的前庭不知是否還有千軍萬馬的馬蹄聲。但每個星期一晚上，許多村人都會湧向那兒逛「商展」，這裡成為商人的趕集地，充滿夜市的喧鬧聲。

永遠存在

我帶著朋友，走在故鄉的土地上，當我敘述完這些傳說後，我的朋友感到很羡慕，羡慕我生長在一個充滿傳奇的村莊。然而他也許不知道，這些美麗的傳說在工業文明的侵蝕下，漸漸褪色，漸漸消失了。到底家鄉的後生小輩還有多少人能夠從前輩的口中聽到這些故事呢？

傳說只是傳說，無論它們是真是假，或是半真半假，對我來說，只要我活著一天，它們便存在一天。我相信。

蒿里行

生，固然可喜，但必需是真喜；死，固然可哀，但必需是真哀。然而也不必看得太嚴重，肉體生命的起點和終點不過是一種自然現象罷了。生之前和死之後，對每個人來說都是相同的，尤其是死後，當事人回歸空無，真個「無來也無去，沒什麼事」了，「死去何所道，託體同山阿」，透澈的陶淵明如是說。

但是，偏偏人們不能超脫「死結」，即使最後的輓歌都要大作文章。漢代的李延年把〈薤露歌〉用來送別王公貴族；而庶人草民出殯，就只能唱〈蒿里曲〉，但看「蒿里誰家地，聚斂魂魄無賢愚」，便可知李延年的階級觀念太可笑了。這種劃分等級的悲哀會有真哀嗎？古人可笑，今人何嘗不蠢，只要看看那一列「蒿里行」，便知人們把悲哀化裝成熱鬧了。

在城裡奔波，使我無心去注意「出山」發引的行列，但某次返鄉休假，早上正想看書時，單調寧靜的農村突然響起一陣電子琴音樂，演奏者像一個不懂音樂的初學者，彈著機械化的流行歌曲，整個天空立即陷入一片吵雜之中。我想這一定是誰家在辦喜事，嫁女兒或娶媳婦了。

印象裡，吾村凡是有人結婚，喜慶之家一早便會播放流行歌，用擴音喇叭把宜室宜家的訊息「放送」給每一個村人同享喜氣。

但這一次，電子琴很怪，演奏者像是一位生手在練習彈琴，一連換了幾首不完整的歌，聽起來完全就是噪音。不久，〈魂斷藍橋〉出現了，這是每個當過學生的人都熟悉的「驪歌」旋律。我想，大概是出嫁吧？所以彈奏者想彈出離情依依。但是驪歌之後，卻響起「哭調仔」，琴音中夾雜著一串故意製造出來的啼聲，有如野台大戲正上演弔喪情節時的配音。這不是「五子哭墓」嗎？我越聽越覺得不對勁，於是跑去問祖母：

「那是什麼代誌，誰人在放這種歌仔？」

「彷（páng猜想）是秋哥田死去，要出山的款？」祖母說。

我聽了，一時無言，心想，蒿里曲又升段了，機器使孝子的悲哀發揚光大。多年未在家鄉，幾時起送終的哀歌變樣了？

我讀不下書，便騎著腳踏車循聲找去。小時候的好奇驅使著我，想去看看。到喪家路口的時候，音樂停止了，秋哥田的棺柴被抬到門口，正在「封釘」。道士念著吉祥的口句：

一點東方甲乙木，子孫代代居福祿。

二點南方丙丁火，子孫代代發傢伙。

三點西方庚辛金，子孫代代發萬金。
四點北方壬癸水，子孫代代大富貴。
五點中央戊己土，子孫壽元像彭祖。

想必秋哥田的祖先去世時，道士也是這樣念的，可是秋哥田如今也不過五十歲就死了，什麼「居福祿」、「大富貴」、「壽如彭祖」，都是些空話。

小時候，我常看到秋哥田在店仔頭走動，一身西裝革履，電燙的頭髮閃爍亮光，梳著布袋戲裡的「賴哥頭」，皮膚白皙，人長得帥，不像一般莊稼漢。傳說他很風流，有了太太還搞小妾，所以村人都稱他「秋哥田」。這種事在鄉下是很丟人現眼的，但他卻安之若素，一點也不見羞。我不知道他靠什麼生活，農人整天打赤腳踩泥濘，為什麼他可以天天衣冠如紳士，泡在店仔頭呢？但無論如何，不出半百的他，即已「蓋棺論定」，是枉費一世風流了。

烏頭司公念完咒語之後，我退出喪家門口，回到路上。不久，門庭裡的婦女不約而同地都放聲哭起來，我感到很驚訝，為何每人的悲傷都在同一個時刻發作？原來，「絞棺」完畢，扛夫正要擔起棺柴，這是儀式之一，即使心中沒有哀意的，當棺罩覆上時也要嚎啕幾聲，以示訣別的哀情。

就要「發引」了，有一個男人在排送終行列的次序。跳「牽亡歌舞」的伶人剛到達，他們忙著架道具，其中跳「扭扭舞」的女伶一邊談笑，一邊穿起鮮艷的花裝，那件短裙極其誘惑，目的在迷誘死者的靈魂，這正合秋哥田的心意啊！不知哪一年起，出殯儀式多了這列「牽亡歌仔」。「牽亡轎」上寫著「發引西方」四個字，意在牽引亡魂進入西方極樂世界享福。

轎的兩側各有一個打扮妖嬈的女子，一婆一少，老的「紅姨」，小的「秀娘」，兩人要扭著腰、甩著裙襬，沿路「搖尻川花」（搖臀舞），唱著語詞不明的歌。轎後一個牛道士，頭縛紅巾，時而念念有詞，時而吹牛角螺號，三人狀似瘋子。以前，我就懷疑為何出殯要請人歌唱跳舞？至今仍然迷惑，這真能牽引亡魂免於失落嗎？

電子琴再度奏起驪歌。牽亡的女子收起笑容，作勢扭了幾下臀部，牛道士扳動轎上的一個電源開關，牽亡歌忽地響起來，原來她們現在也仰賴錄音機了，好像牽魂的法力預先儲存在磁帶裡，需要時就施展出來，這樣總比人的丹田和喉嚨更有力量。這時女子西樂隊也排好隊伍了，指揮試驗性地旋轉指揮棒。舉旂旛和孝燈的人已走到前面，行列就要出發，他們要引著靈櫬和送終的親友繞村一周後才走向吾村的公墓。看到這裡，我跨上腳踏車，默默離去。

記得童年，村中每有人出殯，當出殯的行伍行經街道時，村人及小孩都會跑到路邊看熱鬧，的確是看熱鬧，富人家僱了兩三團樂隊沿途演奏安魂曲，還有二十四孝、三藏取經的藝閣，有時三藏取經是以真人化裝扮演，一身道袍的「三藏大師」像披著一片紅磚牆壁騎在馬上，「沙悟僧」牽著馬韁，「豬八戒」袒胸露肚，懶洋洋地跟著，而「孫猴子」則每隔一段路就翻筋斗、耍特技，身手矯捷，小孩子喜歡看這些。但等到烏頭司公出現時，小孩開始迴避，因為道士的後面就是靈柩了，俗信：除肖虎的人之外，其他孩童不可與靈柩碰面，否則會被死者沖煞，萬一不及走避，必須吐一口痰，踩一踩，或者預先抓一根稻草咬著，如此就能避邪除煞，保護自己。

年齡漸長，我看出人們的悲哀像是拙劣的表演。那些受僱來送終的各式儀隊，當他們休息時，不都是一副笑臉嗎？「猴齊天」一路耍寶，引人發笑。即使跟在靈柩之後的遺族故舊，也多數出於形式，婦女握著長布條，由一人拖曳領路，沿途哭得死去活來，狀極慘痛，但奇怪的是，她們的哭聲似乎也經過排練，行列停時，哭聲立止；行列起步，哭聲又即刻發作，並且當隊伍走出村莊後，哭聲就沒了。

我聽說有人為了表示悲傷，故意在眼皮上抹蒜頭，迫使自己流淚，也有人放聲大哭，唯恐別人不知道他的一片孝心。甚至有的不孝子，最後為爹娘辦一次風風光光的喪事，使死者有個死後哀榮，於是他也變成了孝子，讓人讚惜他是「子欲孝而親不在」。然而先人的屍骨未寒，他們自家人就勾心鬥角，為遺產而起爭端了。

沒想到今天的「蒿里行」不但請人代哭，而且連哭聲也由錄音機播放，錄音機那種病態的哭叫猶如嘶喊，使我感到厭煩。如果死者有知，最悲傷的恐怕是躺在棺槨中的他了。

也許人類的感情自古就淺薄而短暫，所以才要「發明」一些形式來模擬哀痛，陶淵明〈擬輓歌詞〉說得是：

荒草何茫茫，白楊亦蕭蕭，
嚴霜九月中，送我出遠郊，
四面無人居，高墳正嶕嶢，
……
向來相送人，各自還其家，
親戚或餘悲，他人亦已歌，
死去何所道，託體同山阿。

死者入籍蒿里之後，送終的親友各自回去了，一切又恢復平常，世間並不因為少了一個人而改變了秩序。歌者照歌，笑者照笑，只有土墳一堆一堆，伴著死者挨度永恆的孤寂。如此想來，世間所有鋪張夸飾的「出山」儀節，都是空熱鬧而已！秋哥田也不例外。

當我回到家時，電子琴的聲音降低，伴著一長串的哭聲，透過麥克風大量傳送開來。我只聽懂「我爸兮喲！我母兮喲！也無通擱吃十年八年，放阮孤兒」，其他的哭喪語都模糊了。顯然這是從「放送頭」（擴音器）傳出來的錄音帶聲才能響遍全村。

唉！我慨嘆一聲，這就是現代的「蒿里曲」。有一朝，當我死時，我的遺囑中該加上一段：「如果你感到悲慟，可以悄悄地哀傷！最好保留多餘的眼淚，以便灌溉自己的傷痕。請不要因為我，而破壞難得的寧靜，尤其不要有機器的哭聲。」

不覺間，我低吟起古代的送葬歌：

薤上露，何易晞

明朝更復落

人死一去何時歸？

再見，墳城

其實，從小至今，我來過這裡已經不知多少次了，來掃墓祭祖、來放牛割草、來遊玩，或者路過。但是以一種近乎鄉愁的感情而來的，這只是第三次。我不僅把這個小城當作慎終追遠、緬懷先人和先人安息的地方，我還把它當作故鄉的一部分，因我的那些至死也不肯拋棄鄉梓的村人都住在這裡，也許我的草根性重，所以對安土重遷的他們常懷著一絲敬意。

從前，土地供過於求，墳城的市區未加規劃，陰宅的座落也和鄉村的陽宅一樣，大都坐北朝南，而且毫無秩序地散佈著，以致市區廣闊而凌亂，雜草橫生，葉如利劍的菅草、茅草高過每一間屋子（墓），屋上爬滿荊棘，使人寸步難行，因此整個墳城覆蓋著一片陰森荒涼的氣氛，彷彿一座廢墟，即使白天，也會令人頓感陰寒，再加上鬼魅祟人的傳說，它就更恐怖了。小時候不敢隻身闖入這裡，應該是這個原因。

可是現在，寸土是金，高速公路從此地經過，許多家屋被迫遷移，不少荒墳也被闢為農田，雜草除盡了，屋舍集中，它嚴然成為一座死者居住的城市，既是城市，便不再荒涼了。

亂墳之城所以慄人，只因人們看不清它的面目，一丘一墳隱藏在醜陋的雜荊敗棘之中，只有一些石碑露出冷硬的臉，像一扇扇永遠緊閉的門扉，草蟲細吟如遊魂餓鬼的哀叫。可是一旦它的神祕外表被掀去後，許多恐怖便消失了。也正因為它完全暴露在我的眼底，我才會突然把它看作一個村落，是死人聚居的另一種城市。想來，人類確有群居性，活人由三間厝發展成小村，而莊而鎮而城市，同時也讓往生的先人聚在一起。不知哪一年起，這裡新闢了一條足供牛車通行的土路，橫貫城市的中腰，於是我順著這條路走進去，映入眼底的每一座墳墓都長胖了，現代死者的房舍比以前的死者要豪華許多，活人喜歡在自宅種植盆栽，同時也會為死者的住宅美容，植韓國草，種艷紅色的太陽花。因之，我覺得墳城美麗了，像一座公園。

但是，我來此地並非為了休閒，好像有一種古老的感情催我前來。在這裡，我會想起很多事。

入土為安，縱然有遊魂四處放蕩，也是無聲無息。除了高速公路那邊傳來萬馬奔馳的嘶嘶聲外，再也聽不到任何屬於人類的聲音，整座城市顯得很祥和寧靜。我想，野鬼為厲，只是人們自己內心的不安所生的恐懼而已。死去的人已經一了百了，哪裡還計較世間榮辱。聽說死者屍骨未寒時，其後人不得有喜事，否則先人將對後人不利。又聽說，埋葬七年之後，屍體已腐，其後人必須撿骨，要不然死者的孤魂無以為安，只好討伐後世子孫的不孝不敬，甚至不惜讓生者臥病或喪命，如其然，則死者也太小氣了。人既死，身既腐，又何必念念不忘這副朽去的屍骨。人之身軀，既為塵土所鑄，那麼死後腐爛歸土，魂魄不再為軀殼所累，正可優遊徬徨於塵垢之外，豈不是最愜意的事。如果還惦記著蛆蟲蛀空的骨頭，那實在太小心眼了。其實呢！這都是活人自我作祟罷了。對於死者，萬念是灰，萬法俱虛，宇宙等於不存在。但看這座靜寂的墳城，就知道活人為死人的耽憂實在是無意義之至了。

我不承認人有靈魂，即使有，死後也將飄散，化為子虛，絕不會如宗教所說靈魂不滅，還要參加輪迴，試看帝王將相，眾生萬民，死後都只留下一個土饅頭或一間紀念堂，但這些卻是活人為他造的，所以人死之後，將不復有任何作為。如果他永垂人間，精神和活人長相左右的話，也不是他死後的主意，而是他生前的作為帶給後人的影響，所謂不朽，是存在活人心中，而非宗教裡的「永生」。因此我不禁要下一個結論，那就是「世外無法」，萬法皆是世間法。

墳城的地理形勢已和我的記憶不同了。人間不斷改變，墳城也慢慢變形，這也是活人根據自己的意志而改變的，墳墓更集中了，家家戶戶都築有互相交通的小徑。此時，有人趕了一群鴨子進城來尋覓野食，自然，鴨子是啄吃排水溝裡的小蟲，死者絕不會丟出剩餚的。我看每一座墳墓都圍起磚牆，造得堅固美觀，門前的小庭院也鋪上水泥，水更不容易滲透到墓裡。從前墳堆造得簡陋，尤其是夭折的孩子墓，完全只覆蓋一坯土，所以有「痟狗撞墓壙」的情事，現在棺木都當天安葬，並且拱上磚牆，如果有瘋狗想來啃噬「排骨肉」，那真是瘋了。以前我把這座墳城劃分成富豪區與貧民窟兩帶，富豪區的墳墓建得漂亮，貧民窟的死者終年困在交通不便而且陰暗的草叢下，但現在貧民窟消失了，正好反應出吾村人的生活水準提高了。

生生死死接踵而來，墳城的陰宅新陳代謝的速度要比活人的陽宅快得多，同一塊土地曾經躺過許多不同的屍骨，舊人腐，新人入，新人來時建新屋。到人口爆炸的今天，生者都已日漸都市化了，死者也難免擁擠，這座墳城的市區縮小，可是「鬼口」反而增多。我想，為了節約土地，將來的墓埔會出現「樓塚」，死者將被一層一層地「埋」在空中，或者只保留一柱石碑，刻烙著死者的生平，供後人追懷，不必再佔據一方土地，畢竟對一個人來說，生前比死後重要。人活著，應該努力前進，而死後不應留給後人負擔，活人也不必為死人受罪，然而，可悲的人們，為了死後哀榮，竟有不惜盪產乃至負債。我想起一個朋友的悲哀，他的父母未死，卻已先向他索取墳地，要求兒子當他們死後，要讓他們安居於某地的墳城，因此，為了購買每坪十萬元的「房地」，我的朋友陷入苦惱，必須省吃儉用，晝夜工作，以便積蓄一筆將來安葬父母的備用金。又有一個朋友，他的父親事業失敗，如果有三十萬元就免於身陷囹圄，可是他的祖母卻寧可坐視骨肉入監，失去自由，也要為自己先備好一個二十萬元的「歸宿」。這種不問蒼生問鬼神的信仰卻是苦了不少眾生。我想，有一天當鬼神被祂的創造者——人類所放逐而趕出頭腦時，所有的墳城也將消失。

我毫無畏懼地散步在墳墓間，安息的死者並不知我來拜訪，我在一座碩壯的墳前坐下來，靜靜看著石碑上的大名，只有祖籍和名字，我無法想像他生前的事蹟，那麼他算是朽了，他已拒絕了一切，不過，他不能拒絕我坐在他的門前沉思。我想著童年，每次來到這裡，總是戰戰兢兢，生怕踐到不醒目的荒墳而忘記向「好兄弟」拜拜道歉，會遭到死者的處罰。那時夜間，沿著墳墓市郊的鐵道回家，都不敢掉頭回顧，怕鬼魂們在後面追趕，於是步伐越走越快，最後跑了起來。某次，我和小堂叔來墳城割牧草，曾經走到萬善祠前休息，萬善祠是管理這座墳城的鬼廟，廟屋裡是個黑暗的世界，沒有門，只有兩扇方形的小牖孔，可以約略窺視到裡面，堂叔說裡面裝了許多「白骨死人頭」，我一聽全身一陣寒冷，立刻起了「雞母皮」。我想像萬善祠裡面就是地獄，住了許多惡鬼，可是堂叔竟然把眼睛湊近窗孔，然後好像揭開什麼祕密地說：「我看到骨頭了」。對於人的骨頭，我既害怕又好奇，終於我也提心吊膽地窺視著，裡面漆黑如夜，突然，我看到一個頭顱，深陷的眼洞好像吐著蠱人的黑焰，我連忙退開，心裡不斷默念「阿彌陀佛」。以後，我就不敢再偷看了。

想起這些，只覺幼稚的心靈真是可笑又可愛。

墳城也有郊區，郊區散落著幾座獨立家屋，這些處於田間的墳塚有的華麗如別墅，他們不願住在城裡，是怕諸鬼吵鬧嗎？或是遺世獨立的隱者，也許他們懂得享受孤獨，憎惡人情世故，如其然，他們是本市最卓然偉大的靈魂了。不過我知道，這些獨立家屋的所在都是死者生前耕過的田，死者的遺族把他安葬在自家的田裡，聽說這樣，死者不但入土之後還能享受親情，而且夜裡還會保護自家的農作物。我想，這完全是農業社會人們安土重遷的表現。甜不甜故鄉水，親不親故鄉土，竟然這習性這情感也延續到「陰間」。

別墅中，有一座離城特別遠，已經靠近南方的馬路，這是大本仔的墳。年少時，每次沿著馬路回家，總會被它吸引，倒不是由於它建得碩大美麗，而是大本仔生前的「鴨霸」作風還留在我腦海。大本仔姓蕭，他的後代曾經在小學時和我同窗讀書，村人傳說大本仔生前很「橫」，是個窮凶極惡的地頭蛇，體格勇壯，常常把守通往縣城的路上，見陌生的美姑娘經過，便想吃人豆腐，尤其當這個女子有男伴同行時，不服者將遭他無情地修理。有一次，他在路口「站崗」時，被一輛轎車故意撞倒，受傷的大本仔爬起來，打開車門，拉出撞他的三條「鱸鰻」（流氓）痛毆一番，然而最後被那三個流氓插了三六十八刀，才奄奄躺入自己的血泊中。大本仔死時，鄰近村莊的許多人暗暗竊喜。那時，幼小的我，雖不認識大本仔，心裡也像放下了一顆大石，因為以後走過那條路，不必再如履薄冰了。

如今，大本仔躺在墳墓裡了，只留下孤塚向著黃昏，我知道事隔多年的今天，連他的惡名也被遺忘了，一介梟雄安在哉！幾次，我想走近他的墳前去認識他的全名，但一想起他的生前往事，也就作罷，何必記他呢！

我在墳城待了將近一個小時，看到城西有一塊土地已被挖開，旁邊堆著一些磚頭和水泥，還有一塊蒙著紅布條的石碑躺在磚堆下，一定有人要建新家了，他將從吾村搬來墳城，這次搬家，其間只隔著一條生死之界，但已遠得永不能回來。這時，趕鴨的人趕著鴨群走了。我想，這座古城不久就要熱鬧起來，因為我聽到電子琴的聲音了，那種沒有情感的哀調正遠遠從村子的方向傳來，所以我決定走了，我知道，以後我不會主動走進墳墓市，雖然它是故鄉的一部分，但是機器的哭聲，只是吶喊，已經使整個墳城蒙上虛偽的哀傷，幸虧死者已聽不到，否則，悲泣的不是他的遺族，而是他自己。

牛稠溪誌

看過人體的生理平面圖，再翻開地圖，你會發現人類的血管和大地的河流多麼相像，不同的只是一紅一藍而已。如果說血管是人體的河流，那麼河流便是大地的血管了。主脈蜿蜿蜒蜒，從雲深不知處的山腹流入浩瀚無垠的海肚，沿途吐納群溝眾渠，夙夜匪懈，千古如斯。

牛稠溪是台灣的十三大河之一，官名朴子溪，是唯一沒有用來當作縣界的主要河川，她恰好橫貫嘉義縣的中腰，把全縣截成南北兩半，像一尾長蛇游過八個鄉境，中段分割了六個行政區域，成為鄉鎮的天然水界。她，曾經流去我的童年，留下美麗的記憶，這份感情，促使我在她患了重病的今天，為她立下最後的傳記。

上游

竹崎鄉境的群山幽谷之間，牛稠溪出生了。水湍勢急，切割出一面一面的懸崖，鑿開高峻的峭壁，使河床成為崎嶇的石街，幾條山澗在芊蓁坑到溪心寮這兩個山村間匯集成一串瀑布城，遠看，六七面垔牆懸空掛著，顯得隨時有崩塌的危險。若是爬到人跡的終點，便可以看到最高最大的那面牆撲將下來，牆形如白衣大士背崖而立，垂視腳下的遊人香客，這就是著名的「觀音瀑布」，觀世音穿著透明的白色長袍，頭戴白紗巾，風吹過來，她的衣襟撩起數寸。大士對面的山腰，有信徒搭起一間簡陋的觀音寺，如一座危寮，正堂中供奉觀音顯聖在瀑布上的身影，照片中，觀世音菩薩隱約踩著一條龍，是真耶？是非耶？大士已經選擇在此地幽居了嗎？瀑布便是她的投影。這裡，山未蔽天，水未及膝，然而「山不在高，有仙則名；水不在深，有龍則靈。」所以遊人接踵而來。於是，人氣升騰，草叢、石縫、山隅，處處可見垃圾堆積，如果大士不肯移居淨土，那麼她必須適應人間煙火。以大士的修為，她自然不會惹塵埃。

垃圾雖多，但還不足以摧毀本段的溪水。過了水道頭老街之後，河床開始躺平，曲折十餘公里的鄉境，盡是淺淺清流，河身為山腰夾住，河水尋找石隙穿流，到了稍敞的窪地，便形成一面柔軟的鏡子，天空與兩岸的風景墜落下來，好像一幅鑲著玻璃框面的月曆圖，圖裡有魚蝦蟲虺乃至鳥獸。其他如龍眼、橘子、鳳梨等果樹沿著河谷植上斜坡，一路鋪過去，一直到山的出口處，果樹一年四季都飲用觀音洗塵的溪水，必然清甜肥沃，因此，這段流域成為豐富的水果之鄉。

中游

狹窄的湍流穿過竹崎鄉邊緣的灣橋村，視界便豁然開朗，前程是一片平疇綠野，牛稠溪就像走出了迷宮，脫離了險境，心情一鬆弛，水勢也流成如歌的行板，悠悠緩緩，再也沒有或高或矮的山巖來擋道了。此後左右逢源，收納四方來歸的水道，再縱橫而去。但是很不幸的，當河床切開嘉義市與民雄鄉時，她嚴重地中毒了。

早先在觀音足下，遊客拋棄的穢物還無法汙染聖潔的水源，可是一落平原，牛稠溪的消化系統便癱瘓了，大量的人間味使她失去原始的清純和仙佛的聖靈。後湖、頭橋與民雄三個工業區分駐南北岸，日夜不停地夾殺牛稠溪，同時，鄰近數十萬人口的廢水也排洩進來。從此，她面目全非，由大地的動脈淪為靜脈，她不是河流了，而是城市的大腸與鄉村的尿道。游到這裡的水族想必爭相回頭，希望溯流迴之，逆旅返山，可是後浪推前浪，一旦陷落中游，便永無回生之日了。誠如杜甫所說「在山泉水清，出山泉水濁」，牛稠溪的命運也難逃人世的定律。

故鄉的一段

穿過工業區，向西北折行數里，便是民雄、太保與新港三鄉的分割線。這一段水路，曾經流著許多悲壯的傳說，也曾經是我生命的一部分，家鄉就在她的南岸。當水井尚未開鑿的時代，牛稠溪一直以她的無盡清流供應先民飲用，至今，她雖然全身惡臭，也還努力灌溉家鄉的千頃沃野，沒有她，祖先不會在這裡生根，甚至也不會有我的存在。遙想童年，成群的魚蝦在這一彎透明的小天地裡悠然生活，小螺躲藏在沙穴中，濡濡泡泡兒，冷不防就被我們捕捉住了。而兩岸，蔗田瓜田，麻園花生園，還有任人採擷的野果桑葚，洲渚間，白髮漁翁在夕陽下垂釣，數株落單的喬木上總是棲著一群野鳥。少年的我時常結伴到這裡玩，踏浪踩沙，摘野食、堆沙堡、射飛鳥……，看到烏秋，就唱「烏秋烏秋嘎基啾，赤肉搵豆油……」；看到鷺鷥，也唱「白鴒鷥，擔畚箕，擔到溪仔墘……」有時坐在青青河畔草上，猜想綿綿的遠道，到底她的源頭和盡頭在哪裡？想源頭那裡一定有一口井，不斷吐著洶湧的泉水吧，不然河水怎麼流不完呢？如果循河逆行，一定能找得到隱遁深山的仙人高士？小學時候，聽多了武俠廣播劇，我曾產生一個衝動，想要入山拜師學藝，那入山的路徑，就是這一條牛稠溪了，沒路走，就溯溪而行，跋涉到雲深不知處。而緣河順流而去，必能走到天涯海角，乃至另一個世界。以前我會作著諸如此類的遐想，但最後只能結論：遠道不可思，牛稠溪流自「行不到」的遠方，也流向「行不到」的遠方。

猜想之外，我和小同伴們也會根據地理水勢，互相傾訴大人傳下來的掌故，老人說：他們年輕時，曾經和對岸的「牛稠山」村人發生數次村鬥，地點就在牛稠溪畔。這只為了證明誰村是老大哥，誰村人擁有這一片沙洲，結果我的先民勝了，所以對岸的沙洲歸我這邊的村人種植。老人又說：古時候，有一條龍潛藏在這裡，後來被嫉妒的王得祿假藉開路斬首了，於是，牛稠溪流了三天三夜的紅水，那是龍血，血的痕跡如今還在，就是北岸的一截紅土崁。此後，溪水衰竭，不能渡船了。

聽到這裡，我多麼希望牛稠溪再豐沛起來，讓我行船撐舟，像古畫裡的漁人。就這樣，我們的心靈被牛稠溪的歷史所豐富了。於是，我愛上了牛稠溪，稍長，青春蕩漾，開始喜歡到溪畔獨自徜徉，也會瞭望著對岸抒發遐想：牛稠溪是地上的銀漢，南岸的水牛厝村有個曾經在這裡邊放牧邊唸詩的牛郎，那北岸的牛稠山村應該有個會紡織會讀書的姑娘，可惜盈盈一水間，縱使曾經遙相對望也只能雙眼脈脈而默默不得語。這是浪漫年代的牛稠溪，少年時曾期望她永遠清純美麗。

但萬萬沒想到，今天她失去了清秀的面貌和純潔的身軀。如今，她是一條黑臭的排水溝，河床下陷，水族殆盡，連水草也萎死，光禿禿的兩岸已難得再見飛禽翱翔、野兔出沒了。我不忍駐足長看，也不敢妄加想像有一天她會甦醒過來，把我的童年流回來。

牛稠溪在家鄉的背後，連轉了幾個大彎，穿過嘉南大圳的鐵水橋後，便向西直瀉，此後一路鄉野，應該不會再遭到人類下毒了，誰知才不過一里水路，嘉太工業區又站在她的南岸大小便了。牛稠溪似乎已認了命，十公里前，數千噸的廢水都接納了，何必拒絕這個小型的農村工業區？身體陣痛不已，但無可奈何，她輕輕嘆息，靜靜地走過太保鄉，進入六腳與新港兩鄉的邊境，在番婆莊繞過太子太保王得祿的大墓園，這是台灣最大的古墓，隸屬一級古蹟呢，但是荒廢已久，任憑雜草盤踞。傳說中這員在民間故事裡保護嘉慶君遊台灣的大官是歷史傳奇人物，他使牛稠溪血流三日而衰敗，如今，卻長眠於牛稠溪的北岸，「古墓犁為田，松柏摧為薪」，他那闊如台北新公園的圓墓也難逃古時的預言。看來，人類想與自然造化為敵，破壞大自然，真是太愚蠢了。

在番婆西郊，河道向南轉了一個直角之後，中游就算結束了。

下游

下游的前段分割六腳與朴子兩鄉鎮，然後斜切了東石鄉，這裡已經靠近海，是鹽的故鄉。牛稠溪自從中游蒙難之後，整個下半身都癱瘓了。從高處看，她像一條不能交通的新柏油路，近看，不免令人想起一溪豐富的石油，多麼黑亮啊！支流入口處，泛起一些白波，恰似「波漂菰米沉雲黑」，一千五百年前，杜甫便為她下了這樣的注腳。如是死氣沉沉，一路掙扎到海口，沿岸的幾座廟宇都夾著異香與檀香。如是神明是否還靈？不可知也不可說。

從山到海，過了一百多公里的路，牛稠溪終於進入浩瀚的歸宿，在出海口，形成一個大喇叭，河的兩岸鹽田片片，一座座白色的小型金字塔，像不怕大太陽的小雪山。此地沿海的文蛤牡蠣最近死了不少，人們怪罪牛稠溪，但是牛稠溪能怪誰呢？

終於結束沉悶的旅程，看到海，總算鬆了一口氣。最後推開兩岸，作為東石小漁港的航道，航道以外便是家，茫茫無際無涯的家，遠遠望去，牛稠溪消失在海浪裡，不是生命的盡頭，而是新生。

潑水歲月

暑假，回嘉南平原的老家住了一個月，家鄉的水田都播種了，剛剛撒過第一次肥，稻苗開始努力生長，綠色的葉子由淺轉深，這時恰似初生嬰兒需要小心呵護的年齡，不可一日缺水，否則脆弱的「秧兒」將無法忍受暑旱而渴死。

某日，父親被水溝裡的廢水管割傷了腳掌，傷口有一寸多深，不能站立，也不能步行，於是那個禮拜，我便代替父親「巡田水」。

舅舅不想「做穡」當農夫，把一部分水田「租」給父親耕耘。我來到舅舅的田邊，望著水溝裡源源不絕的清流，心頭便安了下來，不怕稻子沒水吃。我先把田頭的小水壩做高，再到前方支流的分叉處把閘門拉高一些，讓更多的水滾向舅舅的田。

在到處河川汙濁的今天，沿嘉南大圳的田園還有幸飲用清水。烏山頭水庫（珊瑚潭）遠在百里外的台南縣山腰，古人誰也不信烏山頭的水會流到這裡來，但是嘉南大圳像一條大動脈蜿蜒數百里，千條支流形成一張水利灌溉網，網住了半壁平原，切割了千畝沃野。這是一片重劃後的農地，溝渠四通，農路八達，從大圳的水閘口放下一葉只供青蛙搭乘的小舟，如果沒有人在半途築堤攔截，那麼這一葉扁舟將漂入下游的溪河裡，可見這一張灌溉網多麼暢通。好多年我沒有再為稻田「潑水」了，沒想到舅舅這邊的田有這麼豐沛的水利，一分田大概不出一個鐘頭就足供稻子飲食一週了。於是我在田埂上坐下來，靜靜地看著轉彎入田的水勢，這時，小時候在老家潑水的諸般情景，也從記憶的偏僻角落流了出來。

以前，只有在地理課本上讀過中國北方的「看天田」，但是聽祖父說，家鄉的田野曾經也是看天田，那是祖父的青年時代以前，那時沒有溝渠灌溉，完全仰賴雨水，「晚冬」的早稻播下後，恰好七月流火時節，如果天公忘了灑水，整村的農作物就要枯萎。

「那時，大家都講，大士爺伯若帶雨來，這季就有收，若無，這季就無望。」祖父說。

「稻子死去要怎樣？」我問。

「等候落雨，田重翻，穀子重種啊！無米可食，大家食蕃藷籤。」

今年農曆七月廿三日，家鄉拜祭大士爺的生日那天，祖父向我說了這段「看天吃飯」的歷史。那真是天不雨粟，野鬼也要夜哭的艱苦歲月。農人每季都要為水緊張為水忙，他們除了做祈神禳雨的原始祭典之外別無他策。不過這種情景，我只能想像。我的經驗裡，故鄉已經有水利設施了。

我家的田正好瀕臨水溝，之於灌溉還算方便，只要在水溝中構築一道簡陋而堅固的土堤把水流攔住，等水位高過田地時，就可以挖開田岸（埂）引進水流。可是有些田不在水渠邊，必須借經別人的田，要是別人剛剛施完肥，便不能借路，誰肯「肥水流入外人田」呢！這時就得架設水管，靠幫浦抽送了。

灌溉，俗稱「潑水」，算是比較簡易的農事之一，所以小學時，父親就叫我負責潑水了，我看著水從遠處流過來，不明就裡，以為遙遠的地方有一大口源源滾滾的清泉。我問父親，他說家鄉的稻子都吃村後那條溪的水長大。可是我懷疑河水怎會爬上河岸來。有一次，我循著村邊的一條水溝釣青蛙，越走越遠，過了亂墳堆，不覺間發現水溝盡頭有三支好粗的鐵管，管徑足供一個小孩鑽進去，這三支鐵管不斷冒出雄壯威武的水，我想像「水龍吐水」大概就像這樣子。於是我沿著鐵管走下去，看到河畔的一間破屋裡有三具壯如牛肚的馬達正發出轟然的聲響，開了眼界，甚是驚奇，世間竟有這等超級馬達。這時我才頓悟，這裡就是家鄉廣袤田野的乳母，這位乳母在二十年後的今天還活著，只是它冒出來的乳水已經混濁變黑了。

溪水自源頭出來，一路輾轉數里，灌溉幾百畝農地，所謂「近水樓台先得月」，位於「水頭」的土地總是先得水，我家的田處在灌溉路線的腰部，離水源地已經很遠，所以一脈水被水頭的田東開一口、西分一道之後，剩餘的已經不多，因此隨時都要「巡田水」。一來檢查田水有沒有從老鼠洞洩漏掉，有則一一塞緊；二來看看溝渠的水勢是否減弱，減弱表示源頭被堵，要走到前方向人情商討水，若是巡了老遠還看不到洶湧的活水來，那很可能就是馬達停止抽水了；三來注意自己的土堤是否被水沖垮，或是遭後頭的人扳毀；四來檢視田水，如果太滿，要放掉一些，否則稻子也會溺斃。有時，水頭和水尾的人各自急需而互不相讓，為了「搶水」偶有口角發生，乃至動武，動武時鋤頭便成了武器，所幸這種事極少發生。也有少數缺德的人會挖開隔壁的田埂「偷水」，反正人家發現了總會以為是田埂崩壞了。然而，絕多數的農人忠厚老實，水尾的人自然讓水頭優先灌溉，而水頭的人也不會堵斷流水，切了別人生機。受泥土孕育長大的農人們，自然養成禮讓的美德。

源頭的馬達並非二十四小時抽水，因之溝渠不是「逝者如斯，不舍晝夜」，它只在早晨、黃昏和半夜時運轉，每次三至四小時，所以潑水要把握時段。我記得祖父和父親經常在半夜時候出門潑水，即令冬天也要穿越寒流，因為這個時間，潑水的人較少，水勢沛沛然，不用和人爭先恐後。半夜潑水，回家前要在田埂的入水口做好適當的水碇，以免水位減低時，已經進入胃口的水又倒吐出來。

潑水最苦的時節是久旱不雨時，溪水水位下降，馬達抽水的時間減短，因此不足灌溉。這時，人們便在水溝底挖一個洞，收集滯留在渠裡的死水，然後用一隻大勺子把水舀進田裡，「潑水」之名大概由此而來，往往舀上一整天，還不足滋潤泥土，可也聊勝於無。後來有人在自己的田地上鑽井，以馬達或幫浦抽水灌溉，過去，田野間搭了許多獨立的寮子，寮子裡便是一口井，這些井不但可以當自家田地的飲料，乾旱時還能變成「可口可樂」，出售給別家的田地解渴，一舉兩得。我家也曾鑽了一口深水井，試抽時水勢很強，但不知為什麼沒啟用，只有當大旱成災時，才向別人借幫浦來抽。這口井今天仍然棄置在田裡，我問父親為什麼不廢掉，他說：「留著，無的確（也許）將來有效。」

「留著，也許將來有用」，父親的話可能是對的。因為我家鄉田野的灌溉系統二十多年來始終沒變，舊時溝流著今時水，今時水已不如古時水，古水清且甜，今水濁又臭，只因河川被嚴重汙染了，河床漸漸北移，也許這個源頭有它生命的盡頭，到那時，如果沒有未雨綢繆，開闢新水源的話，故鄉的田恐怕又要變成看天田，難怪父親不願填掉這口古井。

回想這段潑水歲月，看到舅舅這些渴飲嘉南大圳的田，真希望嘉南大圳長出一條微血管伸向我的家園。

一條擁擠的河

這是一段四點五公里長的馬路，接通龜山與桃園兩區，除了假日，我每天至少來回一趟。前段二十米寬，過陸橋後，肥了五米，可是轉個直角，後段又瘦成十二米，縱貫鐵路在這裡把它腰斬了。七個紅綠燈都各自為政，好像故意和車輛、行人過不去，使人們無法邁開雄壯的步伐。街的兩岸是擁擠的樓房如高矮不齊的堤防。路面急又擠，恰似一條排滿船隊的河流。每次出門就像陷入困境，回到家又彷彿脫離險境，天天都要闖入這道不可知的命運之流中和群獸搏鬥。幾次試著嘗試其他途徑，可是情形一樣凶惡，這個城市的交通實在接近光交不通的境界了。

這一段馬路如果擺在鄉野，年輕人會把它當作高速公路來用，可惜它必須隔開兩邊緊密偎靠的招牌，對望的樓房似乎相看兩不厭，而且如異性相吸一般合力壓迫著馬路，騎樓染上了雜草的蔓延性能，向街道侵佔過來，得寸進尺，有的成為攤販，有的成為商家的貨櫃，有的成為汽機車的修理場，有的……。沿途不時可以看到垃圾包和紙屑簍蹲踞著，而慢車道幾乎全部就是停車場，否則車與車間的空隙也會豎立著如拒馬的牌子，寫道：「禁止停車」，代表私權力。於是馬路更狹更隘了。

公路局省公車和民營縣市公車每隔不到四百公尺就插著一根招呼站牌，偌大的公車行行停停，停時，盤踞了將近一條快車道，因此背後的車輛開始努力爭取通行權，奮身鑽入瓶頸，喇叭聲此起彼落，也有數響並奏的，然而誰也不在乎噪音呢！誰理會這種已成自然天籟的警告，突發的哨音使人注意，大量出現時就使人痲木了，處鮑魚之肆久而不聞其臭也。

心不夠狠手不夠辣的只好停在公車的屁股後喘氣。

野狼、銀狼、羚羊、火鳥……，諸獸蛇行於縫間，無往不利。天王星、全壘打、勝利二千……，所有身廣體胖的四腳獸一一成為「落喀馬仔」走不快，在這種情況之下，膽大藝高的穿越得分，只是把自己的生命置於千鈞一髮之際。於是馬路上的禁制標誌，「禁行機車」、「禁止停車」、「禁止超車」……，都成了熟睡的獅子，像印在教科書上的交通號誌而已，只能尷尬地站立路旁或屍橫路面。

看來，馬路公有，可是交通規則私有。劃分路面的分隔線只是參考，斑馬線也不過是一幅漆在路面的圖畫。

車禍，有車受傷。

繁忙的早晨，一輛速利ＣＴ的國產車斜斜擺在路中央，車後斗貼著一張「諾氣死」（ＮＯ

KISS）的警告。屁股不准「奇士美」（KISS ME），所以車頭來個「香吉士」。右側車道成了綿長的停車場，機車有的被卡在方陣中，有的爬上騎樓，而騎樓間到處是障礙，有些已經被鐵門攔住，成了人家的屋裡。

人在此刻，恨自己不是飛鳥；車在此刻，恨自己不是直升機。如果車子長出翅膀多好。有人心裡這樣想。

「速利CT」的前腳下，臥著一匹「野狼一二五」，不是臥，是橫屍。狼頭扭彎了脖子，其狀甚慘，其情可怖。尚未被朝陽舔乾的血一片片散落路面如盛開後立即遭受暴風摧殘的玫瑰花瓣。鐵狼無血，所以那是狼騎士的血了。流血的青年已經不在，留下幾個警察在測量畫記號和一路混濁的一氧化碳。

這應該是不久前才發生的事件，局外人不明原因，只知道這是車禍，而且是不足以令人少見多怪的車禍了，這一截路段哪一天不表演這種剃刀邊緣的情節呢！以前把車禍當作大新聞的記者，現在已經提升「標準」，不是死傷慘重的或者大人物的都沒有資格上報了。

看著現場上方的紅綠燈閃著失去權威的命令，可以感受到馬路的心情，無可奈何啊！車子是否會痛？背負沉重壓力的馬路是否腰痠？我只想到當我到達學校時，簽到簿將露出一副猙獰的臉，嚴厲地質問：這般遲到，又是車禍阻路嗎？堆滿人體的公車裡，每個人的心裡都盤據著這個念頭。不是嗎？

吉屋
桃園客運
招呼站
建材
停車
洗車亮晶晶

試著找尋好幾次，但是除了頂端捆滿電線的巨桿外，無法找到一棵樹立在路邊。偶然，排水溝的水泥蓋四周會有一些雜草攢出頭來，不過永遠就是那幾株，長不高也漫不開。馬路被驅策成一種緊張的狀態，自然嚴重影響植物的生理，幢幢樓影壓迫下來，馬路已不適宜植物生存。

最近，官方在馬路兩旁每隔五十公尺放了一個四方體的陶瓷盆子，想移植一些零碎的春天來點綴馬路的雙鬢，這是一項叫做「美化道路，綠化環境」的政策。然而盆栽未栽，有些盆已經栽跟斗；美化未化，幾個盆已經化做垃圾，它們想必是有礙穿行，而被車子毀容了。將來，盆栽上的草木將是最可憐的植物，日日思念森林，孤獨脆弱的肺來不及消化過多的一氧化碳，以致氣絕。

出門之後第八個十字路口第五個紅綠燈下，有一排電影廣告，大概張貼了二十張彩色畫報和兩三張龍飛鳳舞的毛筆國粹只寫著電影的名字。其中的幾塊看板，一直被裸體女郎佔用，或立或臥，不時向著路人調笑，停在路口等待綠燈的騎士們總會被她們勾引過去。顯然，女郎原本全裸，卻被人用水彩筆畫上三朵花，分別開在三塊最肥沃的土地上。

海報的對面是一家豪華理髮廳，全部門面裝飾了深色玻璃，守門的青年衣冠整齊，頭髮閃爍星光，坐在門口抽菸，他左顧右盼，向來往的男士招呼，有時說「來休息」，有時說「七仔新的」。意思簡單明瞭，讓人頓悟。整條枯燥的馬路就屬這裡最溫柔，另一種春天住在這兒。

海報上和玻璃後。

電線桿是廣告園地，幾乎每支，離地面一至三米的範疇內都繞著一條圍巾，紅色的方塊最多。吉屋租售。誠徵女作業員。專教公路駕駛。溫莎公園城。搬家公司。水電清潔公司。美女如雲的新店開張。吊掛在桿上的宣傳板……彷彿一支電線桿就是一個城市的縮影，有工業區、住宅區、商業區，最醒目的就是特種營業區，沒有貼廣告的就是未開發的都市計畫保留區。

據說隨便張貼廣告要罰，如果一支桿上的廣告「價值」一萬，那麼光這段路就能收取數十萬的「廣告費」了。可惜，這條法律好像只應用在選舉的海報上。

有喪家為了替死者作法超渡，在路旁搭起一座法棚，彷彿馬路上臨時蓋了一間工寮，行車至此，頓成瓶頸。每次碰到，所有車輛都會慢了下來爭取賸下的路面通過，一家有喪，似乎整條路的旅人都要致哀。沒有人敢抵抗傳統的哀道而出口埋怨、出面干涉。人們認為死者皇帝大，必須「肅靜迴避」。任嗩吶與念經聲喧騰聒噪。

一個人死了，為什麼還要妨礙活人的交通？我這樣想著。可是另一句話卻能傷人：「人死了，你都不忍讓嗎？這麼沒愛心！」

車子尚未完成轉彎的姿勢就要上斜坡，斜坡上正是鐵路平交道，和平交道打交道的這條路只有十二米寬的身材，一邊轉往高速公路，一邊通往工業區，斜坡下立刻和兩條使用頻繁的馬路交叉，因此這是一處最險惡的關口。鐵路柵欄放下後，兩方的路面立刻喪失左右邊的分野，這時本該靠右的車子，連左側也靠了，於是和平交道的另一邊形成兩軍對峙的場面，幾分鐘後，柵欄冉冉升起，前後左右，萬車竄進，執行勤務的警察哨子吹累了，楞在鐵軌邊乾瞪眼。擠吧！搶吧！爭吧！鬥吧！總會鑽出圍城。

這時進入四條鐵軌內的車子就心驚膽戰了，退不得，只能等著前進，脫離火車的威脅。數日前，一輛滿載鐵條的貨車就在進退維谷的當兒擋住火車的去路，老氣橫秋的火車拚命鳴笛，但來不及煞住腳就推翻貨車，而貨車上的鐵條甩下來，也毫不客氣地扛倒火車頭，一綑一綑的鐵條就壓在鐵軌上。鐵，都是鐵，鐵鬥鐵，兩敗俱傷。卡車司機倖然無恙，聽說他看到火車在轉角處出現時，趕緊跳車逃之夭夭。而這列火車恰好是貨車，除了火車司機輕傷外，沒有其他遇害的生物，受重傷的是平交道，和南來北往的時間。

平交道之東二十米處開了一家外科急救醫院，佔盡了天時地利。

行政當局計畫在這裡拓路架橋，已經打了五年的雷了，預算也追加了三次，縣長又連任了，然而平交道的泥土尚未挖掘半寸。恐怕這項工程得留給下一屆縣長選舉時作為政客的政見了。

許多人，特別是天天路經此道的許多人，在這裡學會了大量違規的能力，也壯大了出生入死的勇氣，他們說這是正當的錯誤，合理的犯規。否則站在旁邊的兩位警察大人怎會成為兩尊雕像呢？

有一天，來到這裡的車輛，將會嘴巴咬著屁股前進，像一條漂滿汽車浮屍的河流。

◎卷三　鄉音已改鬢未衰

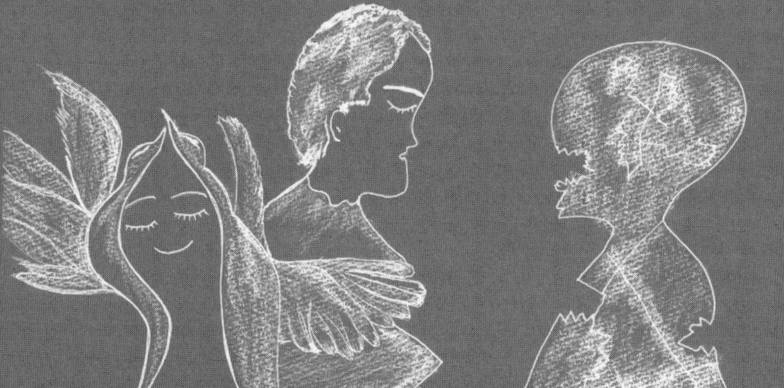

寒星照孤影

台灣古諺語說：「未吃五月粽，破裘不甘放」，一點也沒錯，雖然年已經過很久了，穿一件綠羅裙的春天也歇在樹梢上微笑了，但是北大荒的寒流仍然不肯放過我，三不五時還會入侵南方地。

對開始怕冷的我來說，這個帶寒氣的暗夜實在冷得有些過分，這情形，要是在異鄉作異客，通常我會窩在屋裡躲避寒流，然而回到故鄉、回到這塊親切且熟悉卻又漸漸生疏的土地，我不願錯失每一個可以吸收故鄉情的時刻，即使冷冷霜霜的半夜時分，我也要把握。所以這時候，雖然更深夜靜了，我還佇立在我家的門口庭院。

北風陣陣吹，夜蟲吱吱哭。雖然驅車趕了一整天的路，但是我覺得一當回到家，全身的倦意就會流入故鄉的土裡，我反而不累了。

天還沒亮，但有一兩隻性急的公雞在叫，我覺得這個夜不怎麼暗，所以抬頭一看，看到這片天色竟然是星光燦耀的夜空，真美。這樣的夜，在我尚未出外流浪以前，時常浮在我的腦海裡，但是近幾年來好像離我很遙遠，此刻回想起來，發現我已有一段很長的日子忘記體會繁星閃爍的夜色。

於是，我開始昂著頭，抬望眼，仰天長徘徊……

寒天的夜星和仲夏比起來較為稀疏，感覺上它們掛得很高很遠，好像在閃避半空中的寒流，然而北風吹，寒草衰，高高在上的星影依舊顫抖著，一如寂然站在地面的我，雖冷，也不願躲到屋裡去睡覺。

貯存在我腦中記憶體裡的星圖總是夏天的，因為從小時候起，我都是在晴朗的夏夜觀星望斗，所以我覺得這幅寒天的星影有點兒散亂和陌生，一時間想要像古代仙人步罡踏斗的那種翩然逸興也遄飛不了，只能看著那面萬里明鏡恰似流入無邊，而千曲寒星也在緩緩飛昇，卻認不出任何一顆過去所熟悉的星座，因此我沿著星劍光芒的射向，一粒一粒、一簇一簇地找尋，終於在一個印象之外的位置認出北斗七星，其他像太乙、牛女和小熊……，都不知遷徙到哪裡了，說不定它們也怕冷，就像年將四十的我，青春不再？或是殘光老弱，無力突破寒夜的暗黑呢？

星移斗轉，記憶中的北斗星，它的斗柄總是向南，那是往昔我常常在夏夜神遊星渚所得到的印象，可是今夜斗柄指東，這是我頭一次看到。細想起來星子會震動，催趕著歲月，使時間老去。最初我知道斗杓的方位與季節有關，是讀了劉鶚的《老殘遊記》，他在遊記裡想著：

「歲月如流，眼見斗杓又將東指了，人又要添一歲了」，這表示即將過年，春天已經在眼前，而今夜年過了，春天也重返我的故鄉了，只是寒流依舊冷洌，特別是此刻，四周寂寂沉沉，只有寒星閃爍。

與天星對看，再遙想王勃爬上滕王閣那時的感慨：「物換星移幾度秋？」，推算起來，從我第一次讀到斗杓將要向東，到現在第一次看到斗杓正好向東，其間至少距離廿二個秋冬，而我，也已經從一個愛看星羅棋布的少年郎，猛然老成一個臉上有星斑溝痕的中年人，但是手腳卻像進入老年這般，快要失去縛雞之力，當此刻回想前塵往事，最使人感傷的莫過於年輕的理想依舊渺渺如雲漢，啊！或許蒼天本欲罰我今生今世都得耽憂掛愁！

雖說功名無半寸，但是在這個孤影對寒星的暗夜裡沉思自省，幸虧我還能保持一顆不艷羨榮華富貴、不慕想宦途名份的心，並且這一雙能夠做到藐視權勢官位的眼睛也還保持清明，讓我能夠繼續睜看遙遠的一粒星，是的，大約二十年前，我讀到一篇好像叫做「LOOKING AT THE STAR」的文章，那位我已經忘記姓名的作者說，人應當要看著遠方的一顆星，這樣會使人堅信理念、堅持理想，不被世俗迷去，也不為俗世的功祿頷首而忍辱吞聲、而乞求賞賜，因為高遠的天星不染俗世半點塵埃，它是理想的所在，看它，就好像看著自己的理想。這時想起這篇文章，突然感受到這份清淨的意志還可以讓我自覺安慰。古人謝靈運說得沒錯：「結念屬霄漢，孤影莫與諼」，只要高潔的星星不死，我就不會忘懷自己的信念。

寒夜看星，心境同星境，都分外清明，那片寒渚中一粒一粒沉珠交結，三五成灘，四六成集，結作桂花樣。此時不知有誰，也是寒宵獨影，他沒鑽石、沒寶珠、沒金玉，卻能和我共有這片美麗的星澤？噫！天地悠悠，說不定，只有村外傳來吱吱唧唧的幾隻寒蟲？

現在，整個村落都靜悄悄地睏著了，方才那幾隻以為天亮了的公雞又睡了，星光下，冷風吹動我的衣襟，可是吹不動我的孤影。

本文台語版選入《台語散文一紀年》（林央敏編，前衛，一九九八）及《台語現代文學選》（方耀乾編，二〇〇二）。

揮別死神

死亡的陰影無時無刻不籠罩著包括人類在內的所有生物，在生命的中途，一棵樹可能被砍死，一隻蟲可能被踩死。但是除了人類，我相信沒有其他生物會主動結束自己的生命，飛蛾撲火是無知地蹈入「陷阱」。人類有高度的思惟和強烈的感情，是明乎死而能主動求死的動物。主動，又不必假手他人的便是自殺。有人殉情、有人殉道、有人殉國。可是有更多的人衝動地自盡了，並非他們已經找到死亡是最美麗最快樂的歸宿，只是他們知道死亡可以解除個人的一切苦惱，雖然要以生命陪葬。有人美其名叫「解脫」，然而現實並沒有改變，也許那只是逃避而已。

我體會過「生不如死」的心境，或許也了解有人為什麼「但求一死」，因為我曾經極度憂傷，對生命抱著悲觀、絕望的態度。「憂傷與恐懼使人奔向死亡。」培根說的。一如許多人，我也有過奔向死亡的念頭。那是「為賦新詞，日日說愁」的少年時候。

在台灣經濟發展之前，殘酷的貧窮一直啃噬著我的家族，所以我是在極其匱乏的環境中成長的。童年無知，不懂得埋怨貧窮，可是我的稚嫩的心靈卻受到祖母一連串的傷害。那時，祖母是一家之主，不知為什麼，全家大小都難逃祖母的嫌罵，其中我的母親最不幸，從我開始有思考力的年歲起，每天都聽到祖母當面或背後咒罵母親，許多時候，我能夠判斷母親沒錯，但祖母還是罵。她罵母親常回娘家，罵母親很晚起床，罵母親懶惰，不會燒飯做事……，但事實上，我天天看到母親從凌晨四點多忙到所有家人都睡了，忙到生了病，祖母也不給錢看醫生，不得已母親才回四公里外的娘家。好幾個晚上，父親工作回來，祖母就杜撰事實，誣告母親忤逆，有幾次我都想替母親辯護，但脆弱的我終究不敢面對大人的盛怒而萎縮了，父親又不分青紅皂白就打母親，而母親只能乖乖受責，稍稍辯解，立刻受到痛打。這些，我都看在眼裡，痛在心裡，除了偷偷地哭，也無可奈何。

那時，祖母也天天罵我和我的弟妹，最年長的我自然承受最多狠毒而誇張的形容詞，她罵我們是一群懶牛，只吃不做，而事實上祖母一直找事情要我們做，她不給我們讀書、買文具，不准我們點燈作功課，我連考試第一名都被她私下嫌罵。年節或宴客時，她把好菜藏起來，不給我們吃，凡是較好一些或需要花錢的事物統統不給我們兄妹和母親。我知道別人的祖母都愛年幼的孫子，但是我的祖母只疼外孫。家，對年幼的我，絕對是一個痛苦的地方。此外，祖母也數度向我數落母親殘忍，她說，我還是嬰兒時，母親根本不愛我，不哺乳，常丟下我跑回娘家去，所以我才會這麼瘦。我曾經信以為真，一度對母親懷著敵意，而增加內心的矛盾衝突。

後來，我才知道這是祖母捏造的。到底這個家為什麼既窮且亂？上兩代的直系長輩曾經有過什麼仇恨？幼稚的我沒有能力去解答。即使我的父親，也只能自己受苦乃至於差點自殺。

環境使我在思想上有些不良的早熟，變得沉默內向，每天回家後總是恐懼不安。憂愁始終佔領我的雙眼，隨著年歲漸長，心中的苦悶也越多，到了國中時，我開始信仰悲觀主義，雖然我不清楚什麼是悲觀主義，可是我認為生命只有痛苦，出生是一種錯誤，就在那時，我養成嘆息的習慣，有事沒事就會唉一聲，彷彿要把晴天吹成陰天，而陰天就在我的心靈上。好幾次，我都想離家出走，可是我能走到哪裡？外面的世界那麼陌生。到親戚家嗎？萬一被送回家只有更慘。好幾個晚上，我對天祈禱，希望神明能改變我的黑暗的命運。然而我的悲傷越來越深，除了母親，我不敢向別人講述內心的苦

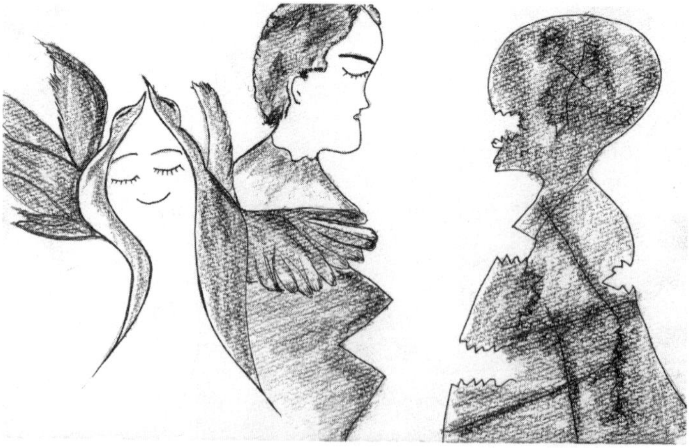

悶，而孤獨無助的母親也只能陪著我嘆息。就這樣，很自然的，死，代表解脫一切的死好幾次盤繞在我的腦海裡，死後的世界一定沒有痛苦，否則為什麼有人迫不及待地去了。我想，如果能夠在一次大劫中死去……

——熄滅吧！短暫的蠟燭。生命不過是一個行走的影子。

——窮困無助的人藉著死神的幫助得到了解放。

那時，我常常獨白念著這些充滿悲觀味道的詩句，喜愛《少年維特的煩惱》。父親用來噴灑稻子的農藥就放在我的房間裡，可是我並沒有付之行動，使自己投入死神的懷抱，因為當我想到死亡時，有些話便會出來和它對抗。

——自殺是弱者的行為。

——耐苦比尋死需要更大的勇氣。

——天將降大任於斯人也，必先苦其心志……。

——在灰暗的日子中，不要讓冷酷的命運竊喜。

好長的一段時間，我陷入生與死的泥淖裡，一邊掙扎，一邊想著家庭的不幸。終於我認為這一切都是貧窮惹的禍（數年前，我修改了這個結論），於是我不甘心這樣被貧窮擺弄。我發憤讀書，對祖母的壓力逆來順受而且不予理會，我發誓要把貧窮趕出我家，要讓可憐的母親將來過著好日子。那時，家鄉關於自殺的事件時有所聞，有的飲酖自滅，有的「吊脰」（懸梁）

自縊，鄰近破落戶綽號「鬍鬚也」的母親便是懸梁而死，他們家從此完全破了，留下一群伶仃的孤兒。我發現死亡並不能解除痛苦，只有讓別人承受更多的哀傷與痛苦，因此我不想自殺了。那種死，除了白費生命之外，沒有任何意義。社會如果是頑固的，絕不會因為一個人的自殺而改變。

天賦求生，無賦求死，否則，何必出生？雖然出生不是自己能選擇的，雖然不能選擇出生，但也不應選擇死亡。當我決定揮別死神時，陰暗的心房裡出現了一道陽光，那是意志之光。

本文選入《惜生》（簡媜主編，方位出版，一九八六）。

最後一批牛的傳人

我有將近二十年的生命在嘉南平原的農村度過。那些年，我不了解農村以外的社會，雖然明知務農真苦，但是從小就讀過的古文古詩卻告訴我「農家好，農家樂」，有那麼多詩人作家異口同聲禮讚田園，歌頌美麗的鄉村，人人都羨慕田夫的生活，說是無憂無慮。而我，也以為農家最幸福，雖然我清楚地記得家鄉父老成天如牛如馬的樣子，也領受過風吹、雨打、日曬、霜凍的艱辛，但是農人內心的苦楚卻要等到離開故鄉，稍涉世事之後才幡然體悟，原來，那些謳歌田園的騷人墨客們都是不涉農事而能酒足飯飽，還有閒情雅興的人，他們是用欣賞藝術的眼光在看農村。

至少在二十年前，人們就認為務農是最沒出息的行業，鄉下少年家不願再做草地郎，而包括農家長大的村姑在內，很少年輕女子願意嫁給田莊兄哥。目前三、四十歲以下的農村子弟，都寧可離鄉背井，放棄泥土，到都市、到工廠，當店員、做苦工，不但工作比耕田輕鬆，收入也遠勝一家人共同耕作一甲地。於是人口外流，農村沒落，二十年前活躍在田野的莊稼漢，如今還要拖著老命在犁田，現在五十幾歲的老農已成為最後一批牛的傳人，而七十歲以上的曾祖父級老農仍然不能退休，有時還得扛鋤頭、提鐮刀，我的祖父便是。然而他們這些受盡折磨的身體卻得不到疾病保險，甚至未來即使開辦農保時，還要被年齡限制與人數限制排除在外。而且目前許多實際耕作的人無法登記為農民（自耕農或佃農），他們也勢必與農保無緣。

以前，農人的傳統觀念，只希望購地置產，非不得已沒有人願意賣掉祖先的遺產，農諺說：「洩死洩種，賣祖公仔產」，賣田地是很羞恥的行為，但是現在變了，在「以農養工」，犧牲農業，換取工業和商業（外貿）的政策下，農村加速凋蔽，也由於農民的所得不敷成本，難以養家活口，年年拖了一屁股債，而且越滾越大，為今之計，只好賤賣土地，去「滯（住）」工廠，失去田地彷彿脫卸一擔苦難。我家在過去二十年裡，曾經兩次賣田地，都是為了還清債務。

今天，不，不只是今天，從我有認知能力以來，廣大的農民如果光靠土地，全家都要餓死。以前，我每季都看到父執輩的鄉親為了穀價低廉而愁眉苦臉，卻是無可奈何。一九七二年時，據官方農會的統計，一甲水田的農家平均一年淨賺六千二百元，但稅捐高達三千六百元，農民的收入平均只有非農民的一半，而稅賦佔淨所得的比例竟是非農民的一倍。到一九八六年，也是官方統計，平均每戶農家的每個人，每月只能從農業所得上分得一千七百五十八元，比貧戶的官方標準（二千二百元）還少四分之一，而一九八八年五月三十日，我從父親的口中得知，一甲水田的在來米，一年收成較好時是二萬台斤，可以賣到十萬五千元上下，這是全戶辛苦的結果，其中再扣除大租、小租、水租、秧苗、農藥、肥料和工資等須付出的成本之後，只能剩下一些稻穀留著自己吃，以及栽培下一季秧苗的「米母」了。這是地理課本所歌頌的「富庶的嘉南平原」上的一甲水田，事實上，今天擁有一甲田地以上的農戶已是少數，像我家七分田，要供養九口老幼人丁（不包括出外就業的五個青年）。

然而一枝草，一點露，農民堅韌的生命還是活了下來，他們為何還能拖住時代的尾巴，購置家電、翻新住宅呢？當然不是靠農業，他們要靠借貸生活，然後賣地償債，否則要靠長大出外的子女匯錢接濟，再不然就是打零工，兼差養生也養田，有時到處擺地攤，流浪街頭，被警察逐趕。這些已成為農民主要的收入，不少人如果不是礙於法令，都寧可放著土地任其荒蕪，以便棲身工廠。

我的雙親兼做小生意已有二十五年的時間，我還在故鄉時，每天看他們清晨五點以前就進城，母親在嘉義市裡，從南門田仔、旺梨會社、檨仔腳、內市（東市）、舊魚市……，一個市場換過一個市場；父親遊走各地村里去兜售，等艷陽噴下烈焰時，再回到農地上折腰耕耘，當太陽疲倦到完全閉起眼睛了，再摸黑回家。他們的這種日子已經數十年如一日，即使正月初一過新年，母親都不肯完全休息，只有「起風颱，落大雨，做水災」時才會待在家裡，可是田裡的作物此刻正備受摧殘，但也無計可施，只能祈禱天公疼憨人，不過最後都是哀傷收場。

我在嘉義讀師專時，曾有幾次看到母親在街市上販賣，往往，當我遠遠發現時，都不敢走近和她相見，總會駐足一陣，看她生意好不好，然後悄悄離開，因為我不忍心面對這種情景，雖然我曾經立志要讓父母親結束這種「一人當二人用」的日子，可是到今天還是無力完成。我也曾看過我家栽種的菜頭（蘿蔔）、甘仔蜜（蕃茄）、蕃藷（地瓜），由於賤價到連運費都不夠而讓人免費摘取還沒人要，只好任其腐爛，以「埋入田土當肥料」來自慰。而風颱過後，行將收成的稻穀浸在水中發芽，正當成熟的瓜果，一個一個開花破裂，落得血本無歸，即使偶爾生產旺盛，也賤價到不夠成本，於是將一籃一籃的水果丟棄，報紙、電視已有好幾次報導過農民將芒果、香蕉、雞蛋……傾入河流的悲慘故事，對於這些，數十年來，乃至數百年來的台灣農民，無處求助，只能無語問蒼天。

有些人曾說，農民再可憐也有一塊土地吃飯。然而他們不知，農民及其祖先已經當了幾百年的長工農奴，才從被剝削的佃農身分「升格」為自耕農，雖然有了一些土地，可是這些土地已逐漸成為資本家所有，農民為了扶助工業發展而被犧牲，還得承受工業汙染的惡果，不少土地已在多重傷害下被迫廢耕，所謂「以農立國」只是麻醉農民的口號。

我小時候，經常聽到祖母、外祖母，以及父老們抱怨「天公無目睭」，那種抱怨聲是多麼無力又無奈，聽來只像怨嘆自己前世歹積德，這世才生在農家，他們不敢怨天尤人，虔誠拜神禮佛，乞求天公、佛祖、媽祖婆多多保庇，嚮望後代會出脫。然而年年依舊，風颱落雨或是久旱不雨，對農民都造成直接傷害，上蒼真的這樣苛刻嗎？

一九七九年，我退伍回桃園，十二月轉到龜山擔任教職，從許信良的《風雨之聲》一書中，才知道政府禁止稻米自由買賣，而為了壓低穀價，低價出售補貼進口的小麥，並緊急高價買進泰國劣質米，再低價出售，用以壓低本土米價。肥料換穀。田賦徵實（穀）。貪官吃錢，使一部農機價格高過兩部轎車……，我讀著、想著，每一件事都在我的親身經驗裡。

那些年，我隨同祖父、父親推著一車稻穀穿過黃昏，前往農會換取幾包化學肥料的影像重新回到我的記憶裡；那年，在師專吃泰國米的日子……。凡此種種淒苦的故事，不是一次，而是每年每季循環著；不是一家，而是全台灣的每家農民都處在這些「德政」的陰影裡。台灣先民逃離中國，為的就是希望永別暴政苛稅，沒想到四百年來，仍然受到剝削和壓迫；而四十年來加速破產的不幸，不是農民的錯，而是犧牲農業的結果。每當看到年邁的農夫還在汗滴禾下土，我總會想起沈葆楨的感慨：「對農民苛刻的，不只是蒼天！」而默默為他們祈福，但願政府能改善農業政策，讓農村青年樂於接棒，當新一代牛的傳人。

為妳噙淚

惠蓁妳好：

　　這封信原本已寫下的那些重點都被妳的電話「取走」了，但遺言、不，餘言還是要完成，以免浪費我的想念。

　　那夜真對不起，如果是我害了妳「星兒是全部會知影，昨暝伊哮了規暝嘛知影……」，使妳美麗的眼睛被淚水醃紅豉腫，那一定是我這隻放肆的舌頭有時不聽指揮，而吐出某些卑劣的言語冒犯了妳，但我全然不知道，所以請原諒這隻沒教示的嘴舌和它的主人，因為

他們都是無心的。總之，讓我收回所有罪過的言語，如果它們還不停止冒犯妳的話。

惠蓁！那夜，見妳淚流不止，特別是當其他夜遊人都離去後，在山麓小徑、在月光灑落的湖畔上，我是多麼想替妳噙淚，我知道（我想）妳那兩道不斷湧出閃亮珠淚的細流雖燙熱，但一定充滿痛苦，所以我想吞下妳那滾自內心的熱痛，即使我會溶化在妳的熱淚中，也不願叫冷風用它那冰涼的舌頭來舔乾妳的臉頰，以致讓妳多受了情寒之傷而增加悲痛……。是的，我想把妳眼睛所孵出來的珍珠吮入嘴裡、吃進肚中。那強烈的念頭，不知是一種衝動還是力量要我這麼做……，然而我始終不敢付之行動，只是軟弱地看著妳把雙淚垂，因為還有一種世俗的耽心牽住我——我怕妳會說我太輕狂了。

以上「真言」既使有錯，也應該得到寬恕，否則誰敢再說實話。

祝

快樂

妳的慕人　上

P.S.：仔細思量一下，今後我還是常洗髮比較划算，否則經常要被生命中的可愛的人兒念經，又無力辯白，如此所花費的精神、光陰恐怕比洗個髮的損失還多。如此我的「仙格」要降級一些了。一笑！

本文選入《公開的情書》（路寒袖主編，麥田出版，一九九四）。

種在土地裡的責任

朋友您好：

去年十月，我就想寫這封信了，但那個時候我覺得台灣的民族解放運動即將進入另一個階段，需要所有關心此事的人更積極的參與、更無私的奉獻，而且那時候，你正處於個人生活上的驚濤駭浪中，情緒很糟，一定無法靜心思考，因此我暫且按下寫信這件事，打算等你心境較好時，再和你談談當初我就想講的話。現在一年多了，偶然間知道你的生活、事業已經進入佳境，我想該是我一吐為快的時候了。

去年九月末，我到貴寶地作客，那是我難得一去的地方，我知道有你這位老朋友落籍在這裡發展生意，想來我既然來了，應該看看老友，幸好你沒忘記我——（「每次要忘記你時，你的大名就會在報上出現」見面後，你開玩笑說這是你沒忘記我的理由，哈哈！）——當夜承蒙招待，並遊歷貴寶地的名山與墳城夜色，使我有機會回味青年時代隻身走進家鄉墳場的情景，真是謝謝。

於是我們開始夜談，從我寫過的三篇關於「墳墓市」的文章談起，咦！我們好像有了相同的興致和觀感，最後話題來到台灣的政治、環境、教育等等，更沒想到幾年不見，原來你已從國民黨的忠貞黨員變成反國民黨的一份子，雖然你還沒有正式退黨，但口中已經會批評國民黨政權把台灣社會搞得烏煙瘴氣，語氣比我當時還嚴厲，我了解你批評的理由，只是不曉得你轉變或覺醒的過程，但這個不重要，重要的是你已不再對社會、對政治冷漠了，這一點使我內心感到高興。真的，我當時心裡浮起：「今天姑且打電話給你看看是否能相見的這一試很值得」，然而當你在一陣激昂後的短暫沉默之後突然提出的那個建議卻使我難過，你還記得你的建議嗎？

由於你的那項建議至今我仍然認為不是光榮的，所以我決定在這封信裡要「隱汝尊名」和「藏爾寶鄉」，不敬之處，祈請宥諒，但總是誠懇的。

「台灣真的不能住了！」這是你在一長串批判國民黨以及台灣人民族性的醜陋之後的一句高亢中夾雜嘆息的結論，接著你就沉默了。我似乎聽到了你的慨嘆聲，也跟著沉默下來，當時我也不知如何接續你的結論，而且我所忠心信仰的理念也不容許我附和或回答這樣的結論，因為我覺得你這個結論的背後一定有某一類「動機」（或者叫做「態度」）存在著，也許是這「結論」導引那「態度」，或是那「態度」引起這「結論」，也可能兩者已互為因果，而我直覺中的那類「態度」將會和我的理念衝突。果然你下一句話就指出那個「態度」或「動機」

了。

「我們一起移民到美國。」片刻沉默後，你說出這個建議。在你沉默不語時，你自然地因太息而低首，然後轉頭看我並說了這句似乎帶有問號的建議。你的語氣變得很奇異，聽來好像我們已經是很親近的朋友或親戚，所以你邀我一起移民他邦。

「不，我不願離開台灣，因為……」我立刻回答，可是話說到一半，就把原因吞回去，因為我要說的關於我不想離開台灣的原因需要聽者心平氣靜地用心思考，也不是三言兩語可以表白清楚，此外我還覺得當「面對台灣」時，你我存有很長的距離或者抱著迥異的態度。所以我停了一下便改口和你談起移民異國後可能會有的利弊得失，以及我所聽到的一些移民者的經驗，然後說「你可以去，但最好先考慮周全和準備後再移民。」接著你說到你早就有很多機會可以到西歐和北美工作，為了家庭的緣故才留下來。

這一段談話不知道你是否還記得，如果還記得的話，我現在要告訴你，當時我所提到的一些關於移民者的煩惱經驗，並不是我不願離開台灣的原因，我之所以拘定不肯遠離台灣的理由是我們台灣人還有一個種在台灣土地裡的責任還沒有完成，這個責任正需要我們這一代的蕃薯仔去拍拚耕耘，以期早日開花結果，如此才能減輕後代子孫的責任，也唯有如此才對得起數百年前冒著千危萬險渡過烏水溝才逃離中國暴政，來到古台灣開山闢野的列祖列宗。

那麼，是怎樣的責任呢？

你應該還記得你對國民黨統治者的批評吧！這個政權自從佔領台灣之後，乞食趕廟公，抱著過客心態在台灣遂行比日治時期更苛刻、更殘酷的殖民統治，捕殺台灣人精英，存心摧毀我們的語言文化，打擊台灣人的民族尊嚴和鄉土情操，破壞台灣人的傳統美德，使台灣人喪失台灣意識，而任其宰制擺佈，因此我們的台灣變得像你感覺的「不能再住了」。說到這裡，你就知道我們的責任所在了，就是台灣人要立志改變那些惡質和錯誤，恢復台灣清純美麗的面貌、復興台灣民族文化、重建台灣民族精神、解放台灣人的自由、建立我們的主權與國格，重整台灣人被國民黨破壞掉的那顆能互信、互助、互愛，又守信、守法、守義的心。何況今天，迫害者仍繼續騎在人民頭上，繼續阻撓台灣前途，甚至於內神通外鬼，像要引狼入室一般，一直呼應中國對台灣的侵佔野心。看到這種現象，你至少也感受到台灣以及台灣人所面臨的大危機了。因此我覺得我們的責任更重、更不能夠選擇在這個時候「避秦時難」那樣搬離台灣。

被迫流亡海外與自行移民他國不一樣，十年來我一直覺得後者是在逃避責任，雖然遷徙移民是個人自由，但我認為當我的「國家」、「民族」、我的鄉土、鄉親仍處於被奴役的深淵時，我不能只顧享受個人自由和追求個人幸福。十六年前有一次我應邀返回母校，當夜和一個亦師亦友的劉老師相處，我問起他計畫出國深造的事時，他告訴我一些話，那些話在那時是人人都不敢公開說出來的心思，他知道國民黨一步一步把台灣搞成國際孤兒，於是他悲觀地認為

「中華民國（那年代國民黨禁止人家稱「台灣」）很危險，頂多再三年就會被共匪吞了」，因此他不只是打算留學深造，「我想三年內要移民法國。」他說。我不知道他現在是否還在台灣，因為那一夜告別後，我就決心不想再跟他連絡了。那年代，我擁抱的只是被國民黨灌輸過的空泛的愛國心，如今那份情愫已落實，當這份鄉土感情真確地落實在台灣的土地上後，我感覺到台灣人的這個種在泥土中的責任在動，而且還燙燙的，像是在催促台灣人子弟必需履行這個天賦責任。

既然這塊土地生養了我們、扶持了我們，那麼種在這塊土地裡的責任，自然要由我們來擔挑。五年前吧？我記得有一回民主志士在台北街頭的抗爭遊行，途中，手無寸鐵的隊伍被國民黨架設在路中用來阻礙交通的鐵絲蛇籠，和一群攜帶多種暴力裝備的蒙頭覆面人所擋時，有一個來台赤足旅行的美國青年史考特先生路過那裡，他發現極權統治者箝壓人類自由的象徵物——鐵蛇籠——橫在路中時，他加入被壓迫者的行列，拿了一支長剪開始剪斷鐵網，當他被一群國民黨政權支使來的武裝暴力人員架住時，他告訴台灣人說：「當我看到鎮壓自由的鐵絲網橫阻在人們眼前時，我不能寄望那隻拿著鉸刀在剪除鐵絲網的手，是別人的手。」史考特先生的這句話深深感動著我，雖然隔天他就被驅逐出境，以致我們台灣人來不及感謝他，向他致敬，又雖然事隔多年，但他的行為、他的這句話我依舊記憶如新。是的，打倒不義，爭回人權，是所有被壓迫者以及「看到壓迫」的人所不能旁貸的責任。

朋友，一年後的今天知道你事業、生活都更如意了，也知道你還在台灣這塊咱們祖先留給我們的夢鄉上，不知你的移民念頭是否還強烈，如果還在考慮移民，也請考慮我們台灣人的這個尚未開花結籽的責任。

抱歉！讀這封信可能耽誤你不少時間，就當作是我們的再一次晤面，而你肯撥冗相聚，就像去年我到貴寶地的那次。

祝

愉快

寄情創傷的土地

——文學・作家・情

梅霏女士收信平安：

那天真抱歉，我恰好必需外出，因此無法和妳多談。掛掉電話後，我出門時探視一下信箱，果然妳的信已經站在裡頭，現已拜讀，幸好妳在電話中提到的問題，都記在信裡，正好可以解救我這已經老化的記憶力。

妳說成為作家是妳早年的志向，也是興趣所在，十年來未曾放棄過，也一直關心文壇狀況，只是這願望被婚姻、被家庭壓抑了多年，最近好不容易能夠重新站起來，面對自己、面對朋友和社會，因此「想要完成早年的志業」，希望我能給妳一些指導與建議。

感謝妳能記起我的那首〈只想回家鄉〉的舊詩。關於妳的希望，我只有慚愧，也許妳應該去向那些暢銷名家討教，我個人沒有什麼作為可供學習，不過我很願意說說我對這個「行業」的部分看法。

社會分工越來越細，從前所謂「作家」大約等於「文學家」，是一類具有藝術天賦和特殊文才的人。但是目前的台灣，「作家」廣義化了，似乎能夠搖筆桿，在報刊發表文章，並且持續一陣子的人都可被稱為「作家」，甚至製作「非文章」作品的人，比如畫漫畫、作插圖，也被列進作家之林了，所以現在作家種類繁多，有各種評論家、各種性質的專欄作家、性問題作家、漫畫作家、命相作家、婦女問題作家……，因此「作家」已經不是文學家的專用俗名了，今之作家有的懂得文學，乃至創作文學，也可以對文學一竅不通，但都是作家，也就是說文學家必是作家，但作家則未必是文學家。

因之，梅霏女士，妳說妳要實現成為作家的願望，但不知妳是希望當哪一類的作家，依個人揣測，妳大概是指文學作家吧？

我想，要成為一個文學家，除了要有一些天賦加上濃厚的興趣，再勤於耕耘之外，我不知有什麼方法，也就是台諺說的「三分天注定，七分靠拍拚」。此外的其他方法，比如長袖善舞攀關係、交際應酬拉交情、朋比迎合求利益、吹綠捧紅搞名氣……等等和創作本身無關卻汲於名利的俗務，我認為都有損文學家的人格，這裡就牽涉到文學家的名利觀，我想，作為一個文學家，當有信心自我肯定，並且有能力忍受寂寞，而不在乎別人的好惡和是否得到掌聲。如果一個文學作家缺乏這樣的修為和態度，縱然他可能具有很好的文學天賦，但我懷疑他對文學和對自己作品的堅貞。我一直認為，一個看重名位利祿的人，他的「情感」一定不夠深刻，也不夠真誠，這樣的人是不該成為藝術家的，這個社會要是充斥著這種類型的文學家，甚至被尊為

「名家」，我覺得這不只是文學的恥辱，連帶的，這個社會的道德、品質必定敗壞了。

古今台外，真正的藝術家都有一種「刻骨銘心」式的天賦感情，文學家的這份感情裡有著兒女私情，但往往超越兒女私情。有著男女愛情，卻往往被世人的「理性」當成瘋狂或不一樣的男女情愛。而更重要的是這份感情必然及於土地、及於同胞人類，使他多愁善感而有悲憫心，所以文學家要發乎不平，批判不義；反映勞苦，反抗壓迫，這就成為文學家的責任和使命，要是做不到這些，他會痛苦、會不安、會自覺慚愧，鬱鬱終生。總之，文學家要有一條追求真善美的靈魂。

那麼在台灣，文學家的感情應該很自然地觸及台灣土地、台灣社會和台灣人。此時此刻，台灣文學家特別要把自己的感情溶入勞苦大眾之中，和所有被壓迫、被剝削的同胞一起呼吸，站在同一立場，不逃避、不投機、不搖擺、更不可企求「反台灣的統治者」所頒賜的「榮譽」。如此才能創造出有血肉有情義的作品，而好的台灣文學作品應該讓我們感受到台灣人的血淚現實，絕不是殖民政權可以用來催眠台灣人的麻醉劑。

目前我的「只想回家鄉」的感覺很強烈，我也打算身退之後要回家鄉隱遁，對於台灣文學，我是漸行漸遠了，老實說我是九分痛心加一分灰心，十年來我總覺得，台灣文學界與其他各界一樣，為了功名私利而騎牆者眾，莎士比亞說：蒼蠅永遠追隨夏天（完整文句我已忘記）。他們伸縮自如，懂得把握恰當時機，改變方向，趨近熱流，因此也最容易搶到甜頭。今天的台灣社會連文學家都變成「文客」了，使我有些灰心。也許人類品性本來如此，我但求自勵，不想責人，這風氣要是改變不了，那就回家鄉，寄情創傷的土地，夜飲破屋頂上的月亮。

很抱歉，梅霏女士，在妳正想重新發憤的時候，理當鼓勵，卻反而敘說自己的退卻，只因我對文學的態度嚴肅、對文學家的品格和感情的要求認真，要是妳有不同的看法，那就遵循妳自己的方向，畢竟文學也是多樣的，層次、品味隨人喜歡。

鄉音已改鬢未衰

萬福朋友：

近來想必春風得意，你的台語又博得更多掌聲了。

我們素昧平生，但是萍水相逢，第一次在復興文藝營看你「演詩」（你自稱「詩演」），我是很受感動的，並非受撼於你的新穎的朗誦方式，而是敬佩於你能用台語作媒介。台語在我聽來倍感親切，因為它是我們最主要的母語。

朗誦會之後，我們小聚片刻，作為當夜文藝營朗誦會的指導老師之一的我，感謝你來客串，使我那些初出茅廬的大專生們擴展了見識，我向你致敬。我說：「今天的少年仔台語都講不好，你講得真好。」你一面客氣一面表示同感，並且舉例證明，你說連你女兒在家都講國語，反而台語說不好，接著我開玩笑地說：

「安爾，這個做老爸的要檢討，這是你的過錯。」此話一出，你有些惱然。

「我女兒不講台語，我有什麼錯，現在大家都講國語了，我女兒當然講國語。」你改用北京話說。

於是，我知道我們已經話不投機，再補半句也嫌多了。但你下一場將用北京話演出，你又很自滿地說：「我自信我的國語還可以。」

至此，時間已晚，我們的小聚也結束了，而我也發現我對你的「估計」完全錯誤了。今天，你在藝壇的名聲雖然得自台語，但是來自南台灣的你並不崇尚台語，也許你只是把台語當作謀名取利的工具而已。我的這些「猜測」令自己陷入沉思，也使我想寫信給你。

朋友，你的女兒不會說台語，確實不是你的錯，相反的，如果台語是一種很糟糕的語言、不能勝任傳達交通的任務、與我們也沒有多少關連，那麼，不會「說」它，甚至淘汰它也無妨，但事實上，台語和世界上任何一種語言一樣好，甚至可以說它比它的兄弟北京話更豐富、更活潑，因為台語的發音系統要比北京話多出至少一倍的功能。但台灣話已經比北京話沉寂了，即使在台灣，北京話也以「國語」的身分喧賓奪主了。這並非台語本來就不如國語，而是有它複雜的歷史政治背景，我不打算向你分析這些背景，我只想就我們共同的經驗和你談談。

我們都是戰後十年左右出生的台灣草地人，雖然縣籍不同，但所受的教育環境都一樣。在進入小學之前，我們用流利而純正的台語表達思想情意，對於北京方言（即國語）可謂毫無所知，偶然聽到「老芋仔」或「外省仔」的話時，只覺得奇怪，入學後，才知道我們的母語叫做「方言」。當時，我們並不了解方言的意義，但從師長的教導中，我們以為方言是一種不入流的語言，國語才是高等的。漸漸地，我們產生了一個錯誤的想法，認為台灣話是不識字的鄉巴佬、草地宋講的，凡讀書人應該說國語。師長命令我們要講國語，不可講方言。校園內外，貼了許多紅紙黑字的標語，寫著「愛國就是講國語」、「好學生，說國語」等等，彷彿講台語是不愛國的行為。我記得小學三年級時，學校的國語運動雷厲風行，班上的女生都講國語了，而男生總有一些不習慣，不小心說了台語就要被處罰，斥罵、罰站、挨板子、彈耳根、扣分數，乃至「罰五毛錢做班費」。那時，品學兼優的我在一段短暫的不習慣和幾回詠謔式的小反抗後，自然聽從師長的訓示，不但在學校認真說國語，即使回到家和父老們講話，也一時「翻譯」不回來，因為整個白天都用北京話思考，放學後當然不容易還原，就像現在有些台裔美國人，回台灣時，說起中國普通話（國語）也變得不很順利，因為他們說慣了英語。而且那個時候，我受了偏頗的教育內容的影響，已經有點兒瞧不起村中的鄉野「土人」了（想及此事，真是罪過）。然而台語並不比北京話差，而且又是我們的母語，所以到了暑假，純樸的「原性」又全部顯露出來了，畢竟我們是在台語文化中生長，講台語是最自然的事。

以後，初中、高中、大學，都在一片國語聲中度過，講台語好像是犯罪似的，在學校非得戰戰兢兢不可，漸漸的，我深深中了毒，曾經一度視講台語、唱台灣歌、看台語節目是低級的行為。朋友！類似這樣的經驗相信你也有過。如今，我們都長大老成多了，沒有老師會罵我們講台語了，但是絕大多數受過教育的人，包括你和我，已經習慣北京話的文法結構和詞彙，自己的母語反而不很熟悉了，講起台語常常缺舌聱牙，詞不達意，非要夾雜「國語」表達不可，這是推行國語教育的成功吧！但也是很可悲的事！為什麼呢？因為我們的下一代，比如你的女兒，也許將來英語流利，而母語不通。母語一經消失，自己的文化自然式微，如若自己的文化是粗魯閉塞的，讓它壽終正寢倒是善哉，偏偏取而代之的是一團坑人的泥淖文化。這是此刻的我感到悲痛的。

朋友！或許你以為台語真的不如「國語」，其實被定為一尊的北京話和我們的母語或印尼語、粵語、英語、法語……，以及世界上任何一種語言系統都是方言，它們的有形符號（即文字）容有優劣，但語言本身絕無高下。如果你以「國語」定高下，那麼我告訴你，在中國，台灣話比北京話要早千年以上就是「國語」（官話）了。台語比北京話保留更多的古音古詞，從詩經以至唐宋的文學作品，用台語比用北京話念起來更準確。如果你生在千年前，你將崇尚「河洛話」，而不是北京話。但這些屬於歷史的都無關緊要，重要的是台語是我們的母語，它正處於被腰斬的命運中，所謂「腰斬」，雖不致連根拔除，但已不能成長茁壯。我們可以去認乾媽義母，但不能放棄自己的母親。你可以認真學習北京話、日本話、英語……，但千萬別讓自己的母語夭折，除非你不想長居此地、永遠不當台灣人了（我所謂「台灣人」是指凡是願意以台灣為終生家園的所有住民，不分種族和來台時間）。

今天，我們的歷史、文化、語言……，被人暗中動手腳，甚至有計畫地淡化、扭改，本來我們的母語是豐富而活潑的，它可以充分表達各種情境意念，要吸收或音譯外國語言也比北京話更容易更貼切，因為台語的聲、韻都比北京話完備得多。你看，「愛到流目油」（I love you），「三錢買麻薯」（Thank you very much）是不是很有趣、很切合鄉下人物的諢語。但是現在台語僵化了，它的詞彙喪失，表現力萎縮了，幾乎淪為北京話的翻譯（音譯），比如今人說台語時，說「風颱」為「颱風」、「天篷（tiān-bǎng）」為「天花板（tī^{n}-hūe-bàn）」、「賊仔」為「休滔（小偷）」、「現面」為「露面」、「走撞」為「忙來忙去」、「駛車」為「開車」、「找（chūe）頭路」為「找（chūe）職業」……，總之，我們把母語中許多生動的詞彙都忘了。我們應該嚴肅地面對母語的劫數，並且努力挽救它的生命，北京話或其他外語能夠促進母語發展、能使母語更有活力的，我們加以吸收，但不能令母語面目全非。

朋友！我們都是三十出頭，髮鬢未衰，鄉音卻改了許多，每次當我想起賀知章「鄉音無改鬢毛衰」的詩句時，我總覺得慚愧，包括這封信，我竟無法用自己的母語來完成，雖然錯不在我，可是一個讀書人不能或無能用自己的母語記錄內心的感受，絕對是很大的缺憾，尤其一個創作者，如果只能用別人的母語寫作，無論他如何努力也無法超越別人，那麼他的作品便永遠只是個文學的殖民地，我們如果一直用北京話創作，則我們的果實將被認為副廠的產品，永遠淪為中國藝術的附庸。我想，只有用母語來表達的本土藝術才會完整且貼切。為什麼那天朗誦會的節目中，你的節目引起最多共鳴和掌聲，獲得最熱烈的同情，原因無他，只因你以台語表演台灣這塊土地上的東西，而觀眾絕大多數又是這塊土地的孩子。其他表演者都用中國話，表演中國的東西，所以無法讓人們深刻地感動。

路轉之後，我重新擁抱我們的母親，熱愛我們的母語，朋友！但願我們在髮鬢未衰之年，能讓我們的鄉音復活。

說大人則藐之

萬義好友：

時入寒冬，已是新曆年頭，舊曆年尾，這種季節，最容易引人懷想老友，同時也是一個人對過去的一年做些反省的時候，在這樣的黑夜裡，我獨自抵抗滲入門縫的寒流，顯得格外費勁，遙想學生時代，這盞孤燈應是我們共同取暖的火源，那時，我們懷抱浪漫情操，本著理想主義，充滿年輕人的正義感。常常不怕長夜漫漫，總愛促膝窗下，暢談將來的抱負，互相勉勵，互相扶持，希望日後一起打擊魔鬼，匡正書本所謂「世衰道微，人心不古」的時弊，滿有「先天下之憂而憂」的氣概。如今，九年多了，幾個當初志同道合的臭皮匠已分散四方，每個人有家有子，各自為生活倥傯勞碌，相聚日疏，相背日遠，即使近在咫尺，也難得或懶得往來造訪，以至於大家好像越來越陌生了，這是無可奈何的事，偶爾能夠互贈尺素半張，已屬難能可貴。

距離上次聚會，已有三年了吧！那次，我很為你高興，你的言語仍然慷慨激昂，熱情不減當年，我更高興你我都還保持讀書人的警覺，指摘時弊和獨裁者不餘遺力，你我合力在諸位同窗面前為他們撥開教育與大眾傳播撒下來的「迷網」，雖然不免引起一些無知的質問和辯論，但終於讓他們大開眼界，驚嘆台灣的「民主」政治與「偉大」人物「原來如此」，最後我說：「為了未來子子孫孫的幸福，我們這一代要認定我們是為痛苦而生的，努力解除加諸於社會同胞的錯誤，免得這些人為的錯誤延續到下一代身上。」我此話一出，其他人都驚愕不已，不知所以，只有你了解我的心境，這是令人高興的，但也令人悲哀，同學中竟然只剩下你我兩人還擁抱著學生時代的理想，其他人都以升官發財為職志了。

然而，一個多月前，我特地到府上造訪你，不知道你變了，逐漸和不法的現象妥協，你害怕被做記號，被視為分歧分子，以致斷絕升官之途。於是你開始明哲保身，認為在「別人」的天空下，為了飯碗，只好效法中國傳統的知識分子所謂「識時務者為俊傑」的處世之道，你說你看到我們的同學中，某人又某人皆相繼升官了，你心裡很不是味道，他們當上了主任、校長……，有權又有錢、辦事悠哉悠哉，上班輕鬆愉快、喝茶看報、玩棋聊天，又趾高氣揚，你實在不甘心，不甘心幹這種責任最重，事務最繁，而權與利卻最少的基層公教人員，天天奉命行事，出紕漏時又要當代罪羔羊，因此你也想「出脫」，爭取機會，進入爬升的管道。朋友，我們雖然各處異地，但都在相同性質的機關裡做事，在這套極權統治者設計的體制之下，九年來都有相同而深刻的經驗，於是我打趣地說：「十年來，我不參加高普考這種現代科舉的決心仍然沒變，所以我是官位的絕緣體，因為我不願成為壓迫者。何況威權者也討厭我這沒被馴乖的異類。」雖然你懂我的意思，但你辯護說，你當了主任以後，不會像別人那樣都忘了以前的痛苦體驗，你會改變作風，盡量不要壓迫下屬。我也了解你的意思，並且也確信你會和別人有所不同，但我不便潑冷水，說你無可避免地很快就要變得跟別人一樣，否則，不是在位不久就是如陷崩山之中。我不想當面這麼告訴你，是因為我體會到你變了，你放棄年輕時代的正義感了，雖然你心中仍然充滿真知灼見，但為了仕宦前途，只好暫時「熄燈」，在黑暗中就看不見任何醜陋了。而且我想，鐘鼎山林，人各有志，一個成年人，有權選擇他自己的路，所以當天，我只是內心唏噓，覺得自己此後更孤獨而已。

親愛的朋友，我寫這封信只是想表達我對大官虎的態度，無意影響你的決定，也絲毫沒有勸止你加入升官行列的意思，每個人都有他「有所為，有所不為，有所變，有所不變」的原則，只不過是尺度或內容的不同而已，只要是利己而不負人的路，人人大可勇敢邁進。然而我認為在此時此地走這條路，極可能不利於廣大的同胞，而你，是我所尊重且親愛的朋友，所以我才寫這封信，向你訴訴我對大官人的態度。那是什麼態度呢？就是古代有個叫孟子的中國人所說的：「說大人則藐之」。這是孟軻先生告訴他的學生的話，有些專門替威權者文過飾非的學者把「說」字解釋為「遊說」，那顯然不合上下文，也不合人之常情，哪有要遊說別人卻先藐視別人的？真是扭曲了這位有人格的古代思想家的高貴情操，我把「說」字解釋為「說到」或「提及」，因此這句話的意思就是「說到大官虎，我就藐視他」。我本非有意對位居高職的的官大人心存不敬，請不要以「葡萄酸論」來看待這種心理背景，這態度是我幾年前開始覺醒之後自然形成的。我以為自古至今的這一套本質相同的封建制度之下，人的理性往往沉泯而趨於滅，人道蕩然難抬頭，君為貴，社稷次之，民為輕，官要坐得穩又幹得開，勢必層層往下壓，踩著別人的背才能往上爬。人治社會，使個人無法本著良心，依善良的法律行事。你說，你為「官」之後，不把違背良知的事務壓到下屬身上，也不願像別人那樣時常以多如牛毛的惡法來行使職權、命令下屬。這當然很好，但是可能嗎？當你的上司一再壓迫你要執行某件你認為不義的苛政時，你能堅持反抗或敷衍了事嗎？當你知道無法苟且而又深知反抗必然影響自己的利益如官位、考績、升遷時，你還能本著「己所不欲，勿施於人」的原則嗎？那時，你也許會說：整個社會都是這個樣子，個人無力改革，只好獨善其身。或者你會說：再往上爬，爬上後，不要像現在的上級那樣跋扈就好了。也許，你會以諸如此類的話來為邪惡找理由，視「無力感」為理所當然，於是道德意識便喪失了，累積許多次的「暫時犧牲別人」之後，久而久之，習慣成自然，也就以非為是了。如此，眾多小濁流，漸漸匯成這條大濁流，於是整個社會幾乎變成一條巧言佞色與霸道威權相混合的鄉愿之流。越溯源頭，便功炳越高、權力越大，也就惡習越重。所以我要「說大人則藐之」，要甘願被摒於光輝燦爛的龍門之外，被放逐也自我放逐，與廣大受苦的同胞在一起，唯有如此，才不會隨波逐流。

你說兩年前，我們的某個同學當上了主任，你有些羨慕。有一次，在為另一個同學餞別的聚會裡，我們那位主任同學也在場，席上，眾人一直圍繞著他，恭喜、讚美、諂媚都指向他，並靜聽他簡述自己升官的經過和心得，他說著說著，最後結論是「以前年輕，看不慣就不服的態度錯了，以後改變自己，隨便長官安排，叫你幹什麼就幹什麼，結果反而升官了」，他解釋這種乖順和稀泥的處世態度叫做「順其自然」，由此他導引出「服從就是美德」的道理。當時，只有我不想附和，因為我「說大人則藐之」，便提早離開了。我所以藐之，是因為我認為在這種獨裁制度裡，能夠受到主子垂青的人，都是容易交出靈魂、出賣良知的人，至少在他們的行為上、表面上都肯做主子的工具，像這樣無視「人格」之可貴的人，我怎能敬畏之、欽佩之呢！將來，你為官之後，請多堅持你的理想。祝福你了。

我已決定「天下有道，以道殉身；天下無道，以身殉道」，這也是孟子的話，你在大學時代讀過的，所以這輩子，我恐怕要不求「上進」了，除非「天下」變成「有道」。以前我認為孔丘的「邦無道則隱；邦有道則見」是投機主義哲學，現在我寧可妄加解釋，並且用現代術語說：「國家獨裁則為反對者；國家民主則為維護者」，以此作為我的結論。親愛的朋友，今天是入冬以來的最低溫，請善加保重，有了健康的身體才好爬梯子，也要小心爬，否則高居在上的獨裁者把梯子一抖，人便摔下來了。謹此

順祝仕途亨通

你的朋友敬上

走下牆來

萬春文友：

兩年前淡水別後，聽說你去鄉下隱遁起來，閉門謝客，專心寫作，為的是清償稿債。在你努力躬耕方田之餘，各大報不斷出現你的文章，同時又在幾個地方開闢專欄或播撒連載小說。雖然我不知道內容為何，但你的名字與標題，我總會看到。這樣勤耕增產，你已經成為台灣最多產的「中國作家」了，三十出頭就得到許多報刊爭寵，實在風騷（請別誤會，這是語出「江山代有才人出，各領風騷數百年」的「風騷」之意）。但是在勞心之餘，請多保重，珍惜筆墨與身體。否則，不進龍發堂，恐怕也會向疾病院報到，那時，你的連載小說腰斬，怎能向編輯老爺與讀者老弟交代。

朋友，我知道你是個有主見的人，過去，甚至到現在，仍然保有某種程度的反對者的精神與個性。大學時代曾經為了在你的文章中批評、影射一位國民黨當權派的御筆，而吃了這位御筆教授的鐵板燒，死當一年，以致畢業時，學校當局給了學士服，卻扣了「學士證」（畢業證書），以致未能如期畢業，開展鴻圖。因之，你的筆也算是政治受難者之一了。由於當時你的少數幾篇適度反映社會現實的文章，你被認為新世代反對派作家之一，獲得許多尊敬，然而時隔不到兩年，自從你那兩篇勇奪大獎的小說〈築起一面牆〉及〈碑上的將軍族〉發表後，朋友們覺得你變了，雖然你用馬奎斯的魔幻寫實技巧和喬哀斯的意識流手法隱隱約約醜化反對者（民主人士）的形象，但是轉變的痕跡仍然可尋，仍然逃不過意識清明的眼光。當時，我為你感到納悶，社會現實依舊、政治現狀未變，你怎會改變了立場呢？接著，你的作品的意旨便游離在兩派之間，時而「小說反政治」，時而「政治反小說」，躲在新術語與藝術性的迷惘中，讓人摸不著邊際。直到兩年前的淡水一會，我才真正領悟了你的態度，原來你決定騎在自己高高築起的那面牆上，想要以退為進，以柔克剛了。

兩年前，你我同時受邀於復興文藝營擔任指導老師，有更多的時間互相了解，第一天飯後，我們坐在教室外的石椅上小憩，由於你我都是文化人，也關心台灣社會，再加上你我所「扮演」的角色也有某種程度的互相認知，很快的，我們引為知己般地無所不談，從文學談到政治，你我都有不少同感，可是當我說某些寫作的朋友，積極走入政治，有的投身參與黨外運動，有的在作品中表現反對者的批判精神，結果作品少了，也被報紙封殺了，還為自己惹來許多麻煩時，你不等我說完就立刻表示：「他們傻，他們笨嘛！沒看清這是誰的天空就莽撞，當然害了自己。」你這話一出，我以下的話「他們的道德勇氣值得敬佩」只好在新起的疑惑中吞回去了。然後你再重述你的觀點，認為「他們這樣太笨了」，又指某些人搞到被抓被關，都是笨。

「這不能算笨，他們也知道會這樣，但還是堅持理想……」我還沒說完，你再度直截了當地說：「這樣就是笨，以卵擊石，當然只有卵吃虧。」談話至此，我覺得我們的認知差距並不是原先那麼接近，實在無法再就這個問題切磋下去，而且如果再談下去，可能扯不清，我恐怕還會「譏傷」你的自尊，這時剛好有個學員找你，便結束這次真心表態的聊天。

經此談話，我雖然有些失望，但寧可以為你個人有特殊的看法或計畫，然而當夜，文藝營的主人在街上宴請我們幾個駐營指導老師時，由於席間來了幾個知名的反共戰鬥文藝派的「文膽」，因此我覺得無味至極，但是你仍然逸興遄飛，風發自如，杯酒下肚，和他們一拍即合，談話中，你還說你被「蔣公」的一句訓詞感動，從此對他的印象完全改觀，竟然忘了幾個小時前，你和我閒聊時曾稱呼「蔣介石」是獨裁者的話，於是乎，我的疑惑全清，原來你已「精狡」起來，把你所謂的「聰明」發揮到了極致，高坐城牆兩邊望。

果然，淡水別後，「重返」人間，我把兩週來的報刊審視一遍，看到你的雙腳正跨越牆左牆右，牆左，在搖晃不定的在野刊物上表示社會關懷；牆右，在當權者的大貝斯刊物上連打高空，賺取豐厚的稿費。到今天，你已經拓展了極大的空間，左邊伸一點，又縮一些，不忘分寸；至於右邊，你已經讓人刮目相看，作品老幼咸宜，連尚未畢業的大學女生都看得出你是文壇新寵了。雖然自從淡水一別，我們不曾再見，我也沒有讀你的〈遊俠刺客新傳〉，但從你的越來越「大」的名字中，我感覺得出，你已經聰明有成了。我也看出你的所謂「聰明」就是走在人群的背後追名逐利，發展個人的名位分量，等到社會更加開放時，又聰明地自我解禁一些，以知名作家的身分發表那些「笨人」以前說過的話，自然又博得掌聲，我想，掌聲對你來說，比作家的良心與道德勇氣更重要，是的，掌聲的分貝可以測量，而作家的社會責任，讀者看不到，也感覺不了。既然鐘鼎山林，人各有志，我也不能勉強你什麼，看了你的成績，我雖不羨慕，但也祝賀你。

朋友，兩年來，時局已變，以前被你指為「傻笨」的人，如今意志更加堅定地創造著潮流、推動著時代，由於他們的「笨」和「傻勁」，已經使台灣的天空露出一片陽光，涇渭逐漸分明，對於文學工作者來說，已是到了「千秋」與「一時」的分界點。親愛的朋友，在這個時候，我又想起你是個有主見的人，我想向你呼籲，請走下牆來，勇敢地走下牆來，走到這邊來。

◎卷四　三分之一的人生

童心痴趣

「童髮慕道心，壯年落塵機」，我相信這詩句適用每個正常人的心路歷程。小時候，天真無知，許多想法或行為都很幼稚，長大後，實證的知識多了，生活的壓力也來了，於是，道心漸泯，塵緣日染，終於隱遁了無邪的童心。偶然，想起童年的某些事蹟而不禁發笑，那種痴，多麼可愛。

做神仙夢

有一度，我差點兒成為神仙，那是還沒資格背書包的幼年時代。那時節，「童騃無所識，但聞有神仙」，我著迷於神仙故事，經常要求長輩們講述神仙傳奇，對仙人的生活和神通頗為欣羨，騰雲駕霧，乘風上下，「九年面絕壁，一葦渡大江」，哇！飄飄然雲遊四方，真好也。我聽說仙人都住在深山祕洞或海上奇島，也常看著民俗的神仙圖畫，靜靜地想像那是一個美麗的地方，只可惜，仙洞在雲深不知處，仙島在舟楫不能到達的海上。又聽說：仙人不必吃飯，只要餐風飲露，吐納天地精氣、日光月華，就可以長生不死，因此有一陣子，我早上起來，在空地上，面向東方，對著燦爛的旭輝，猛喝冷風，同時舔食花瓣上晶瑩的露珠，自也覺得滿舒服、挺舒暢的，其實那是新鮮空氣給我的感覺呢！

稍長，我會自製一些小東西時，好像第一件「工程」就是用竹子和麻繩做了一支「蠓捽仔」（拂塵），模仿戲裡的練氣士，揮著拂塵，假扮神仙，自得其樂。這點嚮往仙界，希望成仙的痴勁，不知持續多久也就自然停止了。不過，後來我喜歡莊子、李白、蘇軾、竹林七賢等人的作品，或許便是這一絲神仙情懷的延伸，如今，仙夢早碎，只顧人間不羨仙，報上時有廣告什麼氣什麼功的，已完全不能引起我的興趣。

篡改光陰

我想，宇宙間並沒有「時間」這東西，只是人類為了生活的需要，所以根據天體的運行而創造、而規定了時間，光陰可以寸量，也可以尺計，可是，它無限，永遠計量不完。如果，時間是一條無形的河，那麼這條無形河是既無源頭，也無盡頭，而且，流速永恆不易，然而幼稚的我，有兩度篡改時間的蠢行。

每逢寒冬季節，我都希望躲在棉被裡的「暖夜」能延長一些，可以睡得久，晚點上學，可是每次都在好夢正酣時被大人叫醒了，為了解決這個問題，某夜，我等待家人都睡覺以後（那時鄉下人大約八點多就上床了），偷偷地跑到大廳，墊起長板凳，想把掛鐘的針撥回一些。我想：只要掛鐘一慢，黎明就會跟著慢些兒亮。我不知道當時的老式掛鐘指針不能逆撥，所以硬要撥回去，結果分針被我弄斷了，這好像是時光一去不回頭的樣子。斷了分針，自然不敢再撥時針了，翌日，專管掛鐘的阿公問起，我只好承認，可是卻編個理由說：我發現鐘不準，快了多少分，想撥正，才搞壞的。我記得阿公並沒生氣，反而教我正確的知識，此後，我再也不敢攔阻時間的腳步。因此有段日子，這個掛鐘，我的家人都顛倒看，把「短針」當作分針，直到修理「時間」的人來過為止。

時間不能倒流，也不會加速，然而我卻妄想推動時間的巨輪。

小孩子都喜歡節日，尤其過年時，有壓歲錢拿、有新衣新帽穿戴，可以盡情地玩，不必做任何事，也不會挨罵，這是小孩最歡喜的日子。每年時入臘月，我總會頻頻翻閱日曆，撕去一天，新年就走近一步，渴望的心情越來越緊張，也越來越興奮，原先都在早上才撕去已逝的「昨日」，這時晚飯後就急切地把殘餘的「今日」撕掉了，想著、說著，還有十天、九天，八天……再三天就過年了。有一年，我實在等不及了，連撕五、六張，使日子停在除夕的前一天，心想：明天就過年了，我等待著，然而，心裡卻沒有十分的把握，到了明天，「年」會真的降臨嗎？

可想而知，隔日，新年自然尚未到來，父親他們照舊下田去，祖父也沒有像往年一般準備桃符春聯，只聽到祖父說：「是誰將日誌掠過頭啊？過頭那樣多。」於是，我知道自己的企圖失敗了。為何失敗呢？當時我還幼稚地推想出一項理由，原因是：我只撕掉我家的日曆，要所有日曆都一起撕掉才有用啊！

小孩出於無知，篡改時間，大人發現了，但覺好笑，不以為忤，可是，大人篡改時間，就不可原諒了。應該是二十一歲那年吧？某次週末，我好不容易和一個心嚮往之的女同學約會，時間是晚上七點，地點是校外某處，那次，不知為什麼我竟遲到十分鐘，快到約會地點時，我很耽心要是讓女孩子早到怎麼辦，我設想如何解釋，如何推卸遲到的責任，突然，我又起了篡改時間的念頭，想把手錶往回轉一些，到時候，只要假裝「手錶慢了」就沒事，正要向手錶動手腳時，我想起小時候的糗事，因此作罷。坦白承認遲到吧！何必作假呢！那一回，幸好對方比我還遲到！

自我除名

小學時候，我是個很內向的孩子，尤其在學校裡，雖然成績一直名列前茅；可是木訥寡言。某次學校舉辦小朋友演講比賽，老師的慧眼可能糊了漿，竟然指定我參加比賽，我害怕，不敢參加，可是又不敢違抗師命。我知道其他不必參加的同學都慶幸逃過一劫，倒楣的我只好自己想辦法。

那年，我還不懂請假這回事，因此只有裝病了。可是沒病又怎麼裝呢？以後幾天，只好苦背老師捉刀的稿子，內容是關於小朋友如何保持學校清潔的。無論我怎麼練習，還是無法抑制內心的緊張，我實在不敢在眾多眼睛的注視下獻醜！何況又是比賽。然而，就在演講比賽的前一天，我的靈感來了。那天老師交給我一張與賽者的油印名單，上面也有我的名字和出場號次。我想：評審老師是根據這張名單叫人的，只要名單上沒有名字，就不會叫到我。於是回家後，我偷偷地用鉛筆刀把名單上的姓名號碼刻掉，就這樣自我除名了。

自我除名和篡改時間是異曲同工，一樣無效。比賽當天，我坐在現場，我想名單已經沒有我的名字，可以不用上台了，沒想到老師還是叫到我的名字，一時之間，我慌了，走上台，忘了鞠躬，也忘了講稿，心裡好急好亂，我只覺得滿臉發熱，一定變成紅臉關公，不久，評審老師叫我下台，我連忙跑出比賽的教室。

晚上，我把這件事告訴正在讀初中的叔叔，並且拿那一張開了天窗的名單給他看，問為什麼，叔叔只笑著說：「阿西。」

「童孫不解耕織事，也傍桑麻學種瓜」，童年的我，可說比范成大田園詩裡的這個童孫還要痴、還要好奇。這類出自無知的奇行異蹟，我相信每個人都曾經有過類似的行徑。當我們「老練」時，想到這些往事，誰不重新綻放一朵天真的微笑，而且那微笑的感覺是甜美的。

童年！美麗的歌

年過三十，行止、思惟與情感都逐漸僵化，雖然有人說是「成熟」，但仔細一想，在這個為生存而勞碌大半生的社會中長大的，實在是成熟者少，僵化者多，想像力、好奇心、活潑性都減銳，一切變得不天真不可愛。偶爾午夜夢回，想起童年某些不乖的往事會很高興而格外懷念，因為它們已經成為一股溫暖。

鄉下孩子被認為比較笨，可是在行為上，卻又比城市的孩子繽紛燦爛，像一首有趣而無邪的詩篇。我的小學時代，一直是老師評語裡所謂「品學兼優」的好學生，不過，要是老師知道教室以外的我，一定把我列入「不乖族」。老師明令禁止的許多「壞事」，我和其他幾個小朋友都做過，並非我們有意搗蛋，而是天賦的「童性」使然。尤其是放學回家後，老師的威嚴就全部拋在腦後了。

玩橡皮筋，戲人物紙牌、打彈珠、踩水戰、射麻雀、游泳等等，是我們的家常便飯，此外還有一些違反校規的行為，如今想來真有意思。

四年級時，不知根據什麼，全年級重新分班，我被分到放牛班，並不是我們班的小朋友過去成績差，而是這位老師一向比較喜歡放牛吃草。今天，我不敢確定這位老師是不負責而放任呢？還是他已經本著西方式的教育方法，讓我們擁有比別班小朋友更多的自由。總之，這是我小學時代最開放的一年，那年，學校大力推行說國語運動，其措施可謂雷厲風行，老師抓，糾察隊抓，還頒下許多張寫著「我不說方言」的牌子讓小朋友互相檢舉，被抓到說方言（台語）的人，就會得到一張「犯罪牌」，他必須在一週內把牌子推銷出去，免得週末清帳時被罰，所以身懷「狗牌」的人要努力偵察，要盡力引誘別人說方言；而其他人則要隨時防範，防範「偵探」，也防範自己的嘴巴，以免惹禍上身和禍從口出。那年，三年級以上的小朋友人人自危，平常愛講話的某些男生都努力憋著不語，或者三兩個跑到校園偏僻地帶喁喁私語，否則就詰屈聱牙地嘮起北京話（國語），而我有時喜歡開國語運動的玩笑，經常故意在別人面前講台語，但要注意選擇語詞。我用國台語混合發音：

「你是蓋仙。」我說。

突然有位同學跑過來，興沖沖地說：

「哦！你講方言，抓到了，狗牌子拿去。」

「沒有啊，我哪有講方言？」我說。

「你說、你說蓋仙就是講方言。」

「ㄙㄨㄟ（衰）ㄌㄢˇ ㄐㄧˋ ㄠ（卵鳥）啦！蓋仙是國語啊！」

「哦！你又說方言了。」他說。

「沒有啊！我是說懶惰的懶，睡覺的覺，睡懶覺，老師也這樣說，怎麼是方言。」

抓方言的小朋友被我的「國台語諧音法」辯得無可奈何，而且在旁的人也因討厭這個規定，都支持我的論點，我心裡覺得很得意。有時候，我故意在溜滑梯邊唱台語歌謠，聽來就像是唸台語。

「點仔膠，黏著腳，叫阿爸，買豬腳；豬腳箍仔滾爛爛，枵鬼囝仔流嘴涎。」

「呼（ㄏㄛˇ）！你講方言，該死！」

「沒有，我沒有講，我在唱歌，不是在講話。」我說。

「唱台灣歌也算是講方言。」

「誰說的，老師又沒規定不能唱台灣歌，難道你會用國語唱這首歌嗎？」

像我這種鑽「法律」漏洞的方式，一傳二、二傳三，漸漸在校園裡蔚成風氣，不過只能流行於小朋友之間，面對師長老爺還是不敢發揮。

那年，我雖然參加課後補習，成績還是退步，因為我屢次和幾個要好的鄰居逃學，蹺到學校外面玩樂，去捉魚釣青蛙，去河邊捕蟋蟀、採野果，也去偷摘人家的楊桃龍眼。某次，我們還為了報復新校長的「貪財」，而企圖破壞學校公物。那年換了一個外省仔校長，不知為啥，我們覺得比過去多繳好幾次錢，繳錢這件事，對我們這些窮鄉的農家子弟來說就像刀割那麼痛，那時有高年級的學長傳說新校長很會「吃錢」，大家都不甘心被吃，於是趁個禮拜六下午，為我們補習的教導主任不注意時，我們跑到圍牆外面，用射鳥的自製彈弓射擊偏僻教室的窗戶，鏘鎯鏘鎯，明亨和永昌各射中一塊了，世宗老是瞄不準很洩氣，而我很不巧，也很巧，巧得每次都只打中窗櫺。射沒幾下，我們就兔逃了。心中既怕又喜，怕的是如果有人偷看到，跑去告訴老師就慘了；喜的是我們已經給「吃錢」校長破費了。這件事，如今想來實在幼稚後悔，假如那位謝（台語諧音「吃」）校長真的喜歡貪汙，那我們豈不是又為他製造貪汙吃錢的機會嗎？

童年，我迷戀布袋戲，每逢掌中劇團來村裡表演，我一定出席當觀眾，哪怕作業沒作或半夜回家遇鬼也在所不惜。還常常自編自演又自賞，有時在家演給弟妹看，有時在校演給同學看，身邊所有東西都成了道具，手帕、衣服綁個結就是木偶，手掌往課本中間一撐又是一群角色，雙手空空也可以打得天昏地暗。此外，我還自製木偶，用曬乾的甘藷來彫刻頭顱，剪一些破布縫成衣服，再貼上酒瓶蓋、棉花當裝飾，如此便是一尊木偶了。這些有頭有臉有身體的木偶自然充當要角，死不完的嘍囉兵只需手帕或簿本就能勝任了。最迷戀時，還廢寢忘食，荒了學業，甚至偷母親的錢去買玩具木偶，東窗事發後被父親痛揍一頓，跪地面床思過一番。

當時，我演的布袋戲是小朋友最好的娛樂節目，因為我把一些具有特徵的村人或老師，以及最討厭的師長名字，冠以綽號，應乎需要編入劇情，讓他們在我的股掌之間打架出醜。比如，吾村有個大尾鱸鰻（流氓），綽號叫「遊鬥」（音譯），而學校的訓導主任叫「李平」，兩人在我們兒童心中都是最凶狠的人物，人見人畏，但在我的劇本裡卻成了兩個丑角，我的劇本短，都是即興亂編的。利用下課時間演給小朋友觀賞。

（右手掌是「李平」，左手掌是「遊鬥」，兩人各從桌子兩邊搖盪而上，我哼歌當配樂。）

遊：哈哈！好光景，出來蹉跎，出來蹉跎。

（兩人相遇，停止前進。）

李：頭前這位生銹面兼鬍嘴鬚的朋友是何方人物？

遊：狗奴才，你也敢罵令爸是生銹面，你是活得嫌倦了否？（遊鬥本人臉皮亦如木炭且滿臉皆鬍子），令爸就是水牛厝（吾村村名）上大隻的老鱸鰻，一ㄡˇ——一ㄡˇ——啊啊……

李：遊啥物？

遊：莫問啦。令爸的名不可講出來哩，啊你這隻皮包骨的老猴齊天（李平本人既高且瘦）是孰（音甲，誰）？

李：嗟！無禮貌，不識字兼無衛生。貧道正是牛稠山（吾村北邊之一村名）的練氣士，萬年道祖ㄌㄧ　ㄌㄧ　ㄌㄧ……

遊：哩啥物？講啊？

李：貧道跟你同款，名嘛不可講出來。按這樣啦！咱寫在土腳（地面）啦！

（兩人各自寫著名字，然後相互看看。）

李：哦！你就是大名ㄉㄧㄚ　ㄉㄧˋㄚ（鼎鼎）的遊鬥（音如台語「搖倒」）。

（遊立刻倒地，再爬起來。）

李：遊鬥！（遊再度倒地）你安怎呢？咁是腹肚痛？（遊再度立起）

遊：毋通叫我的名，一叫我就倒。我功夫練得上厲害，名卻是我的死角。啊你是？哦！原來你就是彼個倩刮刮（名氣大）、愛拍囝仔的哩瘖（音如「你平」之台語）。

李：啊！（我的右手食指彎曲兩截，表示李平的頭部變平）

遊：疑！哩瘖！（李的頭立刻變平）你的頭殼哪會平去？

李：我跟你相像，名攏是死角。

——你平。搖倒。你平。搖倒……

就這樣，要得觀眾們嘻嘻哈哈，大呼過癮，我想他們一定發洩了一肚子怨氣。從此「哩癟」（你平）成為我們這位李平主任的雅號，在「黑市」裡通用。

童年，真是一首天真爛漫的歌，這首歌常在深夜時刻，從模糊的年代飄出來，縈迴腦際，慰藉著受創的心靈。我很高興，我的童年沒有被升學主義和功利至上這把殘酷的雙刃連根割除。現在，許多人當他們回憶時，歲月的腳步無法後退，往童年一看，找不到可以讓記憶駐足的地方，只發現一片空白，因為他們的童年是在一連串的戒律、禮數和口令中被埋葬了，只留下大人們曾經讚美的那聲空洞的符號「好乖」而已！而說「好乖」的人已經老去。

三分之一的人生

「人生如夢」、「人生如戲」，這是兩句常見的成語。莎士比亞借用他的劇中人說：「人生像極了一座舞台，每個人在舞台上，來來去去，上上下下，各自演著適當的角色。」甚至於他把「人」這個角色說成「行走的影子」，真是悲觀之至了。

在多愁善感的少年時代，我曾覺得人生如夢，醒後一切皆空；但是隨著年歲的增長，我不再這麼想了。雖然有許多事物不是個人可以掌握和改變，比如過去的和未來的——「過去」不可追，「未來」不可知；卻還有一個「現在」可以供我們使用。這就是「三分之一的人生」。縱然人生如戲，各人演著各人的角色，我想也應該把自己的「現在」演好，充實劇本，訓練演技。讓「現在」充滿意義，「過去」也就充滿回憶，而「未來」也就更容易掌握，而且掌握到更多的甜蜜。

一個人的生命是由過去，現在和未來三個階段連接起來的，過去漸長，未來日短，只有現在永遠不變，也最真實。這三分之一的人生，可以決定另外三分之二的人生是單調空虛，還是繽紛豐富？人生如戲，有人落幕後，除了一聲嘆息，什麼也沒留下；也有人覺得不虛此行，回味無窮——那完全在於中間那個三分之一的人生是否認真地扮演自己的角色。

從另一個角度看，人也是只有三分之一的人生，一天二十四小時，日常瑣事，寒暄應酬和睡眠大概費去三分之二，剩下的才是真正工作的時間。再以心力、體力看，一個人畢生所獻，能夠有所作為的年齡是中間那段心智成熟、精力充沛的青、壯年，大概也是人生的三分之一，如果這三分之一的人生渾渾噩噩地過去，那他註定人生如夢，而且是沒有記憶的夢，這就是莎士比亞說的「行走的影子」，不！是「影子的影子」了。

好吧，三分之一的人生，長也好，短也罷，我希望「這戲有看頭」，演的人有成就感，看的人有感觸。

本文選入《八百字小語》（吳榮斌主編，文經社，一九八七）、《高中白話閱讀理解測驗》（晟景，二〇一五）、高中國文科延伸教材《五千年閱讀學堂》（陳正豪、林麗雲、王詠晴合編，晟景數位文化，二〇一六）。

自然與人工

一座渾然天成的山，靜靜地坐在眼前數百米或數千米處，山上的樹隨風招搖，花團染紅了幾片山的外衣，這應是最自然的風景。如果有些蟲鳴鳥唱從山中傳來，又有連綿不斷的水聲嗚嚕嗚嚕地流著，我們還是說：這是大自然。但是，如果山腰出現了一座塔亭，或是幾間房舍，那麼這座山就加上了人工，然而人工隱約在山樹煙嵐之中，已經被自然消化成大自然的一部分，我們遠遠地看，仍是在欣賞大自然。

李維史陀的結構主義認為，人類與環境，亦即文化與自然有著一種對立關係，而這兩個對立物連結在一起，便構成有意義的整體，因為人類本就是自然的一部分。我們會以紅色來代表「危險」，諸如熱水龍頭、有電的電線、帳簿的赤字、交通上的禁止號誌……，這是因為紅色和火，和血液具有自然的關聯。歸根究柢，人腦也是自然物，所以人腦所設計出來的文化物，終將歸化為自然。

原始自然經過人工後，有了新的秩序，新的排列組合，但它還是大自然。如果有一座山，被人類腰斬了或者切去了一半，形如高雄的半屏山；如果有一條河，被人類改道了，當我們「玩」它時，我們就是在「玩」大自然，因為我們不能否認，遭地震崩倒後的山形水勢也是大自然，所以天人終究是合一的。自其大者而觀之，物我與也。

你立在山上觀望著一道飛瀑，你是在欣賞自然美，可是當我爬到山腰，看到你站在瀑布前欣賞瀑布，我望著你、也望著飛瀑，會覺得畫面中間如野鶴的你把瀑布點綴得更有靈性，而你也被瀑布襯托得格外孑然獨立，人和大自然互相「繪畫」成一幅風景，自然裝飾你，你裝飾自然，到底什麼是自然美，什麼是藝術美（人工美），在我眼前在我心中已不能分辨，「縱浪大化中」，「欲辯已忘言」。

事實上，人類的產物——文化，從遠處或從未來觀之，都會被自然所消化而成為自然的一部分，大自然本身也因之蛻變成新的大自然。人類只是依照大自然的法則在不斷更新大自然、補充大自然，有了豐富的自然，我們才能寄情於萬物之表，優游於和氣之中。「記得綠羅裙，處處憐芳草」，這不只是愛情的移情作用，同時也是自然與人工的結合啊！

義，明哲萎縮了

以前的小學課本裡有一課叫「見義勇為」，敘述大風雨天，暴漲的河流把火車橋沖垮了，有一個小女孩看到火車正遠遠開過來，便跑去站在橋前，不斷揮著紅色外套，終於火車停了，挽救了一齣悲劇，數百名乘客感謝她，敬佩她的義行。這是發生在外國的故事，老師要我們效法她的見義勇為，尤其是不能見死不救。這就是「義」，幼稚的我，深深地記在腦海裡。

然而，「義」不容易見到了，人們常說：不要多管閒事，少惹麻煩。到底要見義勇為呢？還是見死不救？我想起一九七九年所親身經歷的兩件事。

那年秋天，我剛調到一所座落在矮山腰的小型學校任教，每逢月初，就是公教人員領薪水的日子，同事們到了這一天都格外有勁，一上班就笑逐顏開。「如果天天發薪水多好呢！」有人這麼說。可是，誰去農會把近百萬的錢領回來分發呢？沒有，沒人願意，兼任會計和出納的兩位都是女老師，雖職責所在卻也不願。於是，責無旁貸，這件事就落在總務主任身上了。偏偏總務主任是個善良而膽小的老者，他不敢一個人去，一向都要有人陪他來回，但不知為什麼？在座的同事都很自然地指向我說：「年輕的啦！」我也自然地義不容辭，其實，這只是小事一樁，哪裡稱得上「義」？我想不透那些「資深優良」的同事為什麼不肯去，怕被搶嗎？我想著，內心浮起些許的憤怒，含帶著鄙夷。

然後，我騎著機車，載著主任走了。

回程途中，坐在後座緊抱著手提包的主任特別開心地說：「趕快回學校。」那語氣使我覺得他真是個「希區考克」——緊張大師也。我不回去還幹什麼，我心裡竊笑。

可是半路上，我好像看到左邊的深水溝裡伸出一隻手，不斷輕輕搖著，手指上有血跡的樣子，我先是嚇了一跳，以為自日見鬼，但立刻恍然：車禍？我的車子瞬間過去了。「剛剛是不是一隻手？在水溝那邊。」我問。主任卻答非所問地說：「趕緊回學校，不管他，薪水這麼多，趕緊回學校。」我只是想確定一下自己的眼睛是否看錯了，但主任的回答卻引起我的憤慨，我立刻掉轉車子騎過去。「啊！不管他，回來要緊。現在救人反而被誣，不要管，以免吃虧。」主任的話，我已經聽若不聞了，也許是我年輕意氣用事吧！「你可以作證。」我說。

果然是一隻手，遠遠我就看清楚了，不少車子飛馳而過，他們也許沒注意到吧！

四尺寬的水溝有一個人那麼深，那人的臉淌滿了血，不知摔下多久了。馬路這麼寬，為何摔下呢？我一個人無法拉起他，只好招呼其他過路人一起來幫忙。我們把傷者拉上來，傷者只說一句：「把我的車拉起來就好。」便說不下去了。我一連攔了好幾輛計程車，結果，好像沒人願意蹚這灘「渾水」似地都飛馳而過。「林老師！趕緊回學校啦！」總務主任的話，使我想起薪水，我知道他不敢一個人提著巨款走在兩旁沒有屋舍的馬路上，這會叫他緊張到心臟麻痺，還好，這時有位年輕的路人願意送傷者去醫院。

傷者離去後，餘下的人合力拉起那部倒栽的重型機車，也就各自散了。

歸途中，一路無語，我只想著那傷者怎麼了？這時，我才發現抓在車子把手上的右手沾了一小片血跡，於是，我的腦海又浮起那隻伸出水溝的血手和那一張佈著血網的臉龐，不禁心頭顫了一下。所幸，他還有力量站著舉出手來，否則……

以後，我又聽到不少有關救人反而被誣的事時，我的腦海便會浮起這一個被我認為可恥的格言：「個人自掃門前雪，莫管他人瓦上霜」。但是當社會上真的發生幾次「好心互雷唚」和「有功無賞，打破愛賠」的事後，我不能再用鄙夷的態度對待它了。「義無反顧，見義勇為」呢？還是「明哲保身，莫管閒事」？我已無法下一個理論性的結論。兩者同樣是中華文化，一粹一渣，但是在現實社會的文化裡，後者竟佔了「上風」，看來孟子「雖千萬人吾往矣」的「自反而縮」當真是「縮」了。什麼使台灣人變得不如一個外國小女生？

◎附錄一：本書篇目一覽表

集；中譯版載於 1993.2.18《中國時報》人間副刊。
雨落在嘉南平原　1990.9.1 台文原作，載於 1991.8《蕃薯詩刊》第 1 集；1993.3.9 中譯，載於 1993.3.23《聯合報》副刊。
悲傷河　1986.10.28 作，原載《自由時報》副刊，舊題〈傷逝之河〉；轉載 1986.12《明道文藝》第 129 期。
車窗外　1986.12.9 作，原載 1987.5.23《台灣時報》副刊；2007.1.20 台譯，載於 2007.4《台文戰線》第 6 期。
回首傳說地　1986.04.10 作，原載 1986.5.13《台灣新生報》副刊。
蒿里行　1985.10.23 作，初載 1986.4.22《中央日報》海外版；國內載於 1986.6.18《台灣新生報》副刊。
再見，墳城　1985.8.13 作，原載 1986.2.28《台灣新生報》副刊；轉載 1986.4.5《自立晚報》副刊，原題〈三來墳城〉。
牛稠溪誌　1986.3.23 作，原載 1986.6.18《中央日報》副刊。
潑水歲月　1986.9.7 稿，原載 1986.11.20《台灣新生報》副刊。
一條擁擠的河　1986.8.20 作，原載 1986.11.26《自立晚報》副刊。

● 卷三

寒星照孤影　1993.3.8 台文原作，載於 1993.12《台灣文藝》第 140 期；1993.4.28 中譯，載於 1993.5.16《聯合報》副刊。
揮別死神　1986.9.21 作，收入 1986.12 簡媜主編《惜生》(方位出版)。
最後一批牛的傳人　1988.5.31 作，原載 1988.7.4《自立晚報》副刊。
為妳噙淚　1991.9.25 初稿，1993.6.25 修訂，原載 1993.8.7《中國時報》人間副刊。
種在土地裡的責任　1992.12.18/19 子時生辰完稿，原載 1993.1.30《民眾日報》副刊。

●卷一

第一封信　1982.4.3 作，原載 1982.9.19《聯合報》副刊。

阿　母　1995.10.15 台文原作，原載 1997.10.17《民眾日報》副刊，2004.6.2 中譯。

母親愛養雞　1986.9.12 作，原載 1988.1.03《台灣新生報》副刊。

無休止的溫暖——懷念外嬤　1987.2.20 作，原載 1987.5《文藝月刊》第 215 期；轉載 1993.6.28《民眾日報》副刊。

二叔公　1985.10.4 作，原載 1985.12.11《中華日報》副刊。

和阿公聽拉即哦的日子　1995.5.23 台文原作，2018.3.2 中譯，刊在 2018.4.10《人間福報》副刊。

血在火焰中流——記外公　1993.6.6 作，原載 1993.7.22《自由時報》副刊。

收藏一撮牛尾毛　1986.6.19 作，載於 1986.7.31《中央日報》海外版副刊；國內載於 1987.9《聯合文學》第 35 期，原題〈老牛遺糞〉。

諮子文首章　1986.4.29 作，原載 1986.8.17《自立晚報》副刊。

我所耽心的——諮子文次章　1986.6.15 作，原載 1986.8.3《台灣新生報》副刊。

攜子返鄉　1990.7.27 台文原作，載於 1990.12《台灣文藝》第 122 期；1993.6.15 譯為中文，載於 1993.7.12《自由時報》副刊。

●卷二

孕　鄉　1993.8.28 台文原作，中譯版載於 1993.9《自由時報》副刊。

大士爺之村　1987.4.16 作，原載 1987.7《文藝月刊》第 217 期；轉載 1993.9.14《台灣時報》副刊。

永久地址　1993.1.17 台文原作，載於 1993.6《蕃薯詩刊》第 3

寄情創傷的土地　1993.7.16 作，原載 1995.6.28《自由時報》副刊。

鄉音已改鬢未衰　1986.8.25 作，原載 1987.5《台灣新文化》第 8 期。1995.11.23 台譯。

說大人則藐之　1987.1.14 作，原載 1987 年《益世》雜誌。

走下牆來　1988.2.6 作，原載 1988.3.5《台灣時報》副刊。

● 卷四

童心痴趣　1986.11.24 作，原載 1988.3《文藝月刊》第 225 期。

童年！美麗的歌　1986.9.19 作，原載 1986.11.3《台灣時報》副刊。

三分之一的人生　1986.10.4 作，收入吳榮斌主編《800 字小語》（文經社，1987）。

自然與人工　1985.4.28 作，原載 1985.5.30《中國時報》人間副刊。

義，明哲萎縮了　1985.12.27 作，原載 1987.3《文藝月刊》第 213 期，原題〈義，我猶疑了〉。2005.8 節錄修改。

◎附錄二：林央敏著作簡表

書　名	出版社	出版時	開	頁數	備註
收藏一撮牛尾毛	九歌出版	2018.11	25	240	華語
走在諸羅文學河畔	整理中，未結集未出版				華語
小說集：					
不該遺忘的故事	希代書版公司	1986.8	新 25	224	華語 短篇
大統領千秋	前衛出版	1988.3	32	285	短篇
寶島歌王葉啟田人生實錄	前衛出版	2002.2	25	236 精裝	長篇 傳記
陰陽世間	開朗（金安出版社）	2004.7	25	267	華語 短篇
蔣總統萬歲了	前衛出版	2005.7	袖珍	308 精裝	華語 短篇
菩提相思經（附唸讀 CD）	前衛出版	2011.5	25	584	台語 長篇
劇本集：					
斷悲腸	開朗	2009.3	25	250	台語
評論集：					
台灣民族的出路（曾被禁）	南冠出版	1988.4	25	166	民族論

書　名	出版社	出版時	開	頁數	備註
詩　集：					
睡地圖的人	蘭亭書店	1984.4	32	212	華語
駛向台灣的航路	前衛出版	1992.5	25	244	台華對照
故鄉台灣的情歌	前衛出版	1997.10	25	158	台語
胭脂淚	真平（金安出版社）	2002.9	25	464 精裝	台語史詩
希望的世紀	前衛出版	2005.1	25	188	台語
一葉詩	前衛出版	2007.2	25	176	台華對照
台灣詩人選集－林央敏集	國立台灣文學館	2010.4	25	128	莫渝編選
家鄉即景詩	草根出版	2017.11	25	176	華台
田園喜事	童詩，部分發表，整理中			將台華對照	
散文集：					
第一封信	禮記出版	1985.2	32	248	華語
蝶之生	九歌出版	1986.1	32	222	華語
霧夜的燈塔	晨星出版	1986.4	32	215	華語
惜別的海岸	前衛出版	1987.8	32	231	華語
寒星照孤影	前衛出版	1996.3	25	238	台語

書　名	出版社	出版時	開	頁數	備註
台語散文一紀年	前衛出版	1998.10	25	235	散文選
台語詩一世紀	前衛出版	2006.3	25	219	詩選
其他類：					
簡明台語字典	前衛出版	1991.7	25	320	字典
TD 台語電腦字典查閱系統	前衛出版	1991.7		電腦軟體	磁碟片
TD 使用手冊	前衛出版	1991.7	25	51	

品　名	出版者	出版時	規格	備註
影音類：				
懷念的小城市	新台唱片	1993.1	CD	詞曲
台灣詩人一百影音：林央敏輯	國立台灣文學館	2006.12	DVD	生平唸詩

書　名	出版社	出版時	開	頁數	備註
台灣人的蓮花再生	前衛出版	1988.8	25	248	文化論
台語文學運動史論	前衛出版	1996.3	25	253	文學論
（前書增訂版）	（同上）	1997.11	25	270	
台語文化釘根書	前衛出版	1997.10	25	238	語言論
台語小說史及作品總評	印刻出版	2012.12	新 25	324	文學史評
展論台語文學	12 萬字	預定 2019.7			作家作品論
愛與正義的實踐	10 萬餘字發表，未結集出版			文化短論及雜論集	
台灣文學散論	10 萬餘字發表，未結集			作家論	
合　集：					
林央敏台語文學選	真平（金安出版社）	2001.1	25	379 平裝	文學大系之四
（前書新版）	（同上）	2001.10	25	精裝	
編選集（主編）：					
語言文化與民族國家	前衛出版	1998.10	25	203	論述選
台語詩一甲子	前衛出版	1998.10	25	267	詩選

九　歌　文　庫　1298

收藏一撮牛尾毛

國家圖書館出版品預行編目（CIP）資料

收藏一撮牛尾毛 / 林央敏著 . -- 初版 . -- 臺北市 : 九歌 , 2018.11
面；　公分 . -- (九歌文庫 ; 1298)
ISBN　978-986-450-220-2 (平裝)
855　107017500

作　　者——林央敏
責任編輯——鍾欣純
創 辦 人——蔡文甫
發 行 人——蔡澤玉
出　　版——九歌出版社有限公司
台北市 105 八德路 3 段 12 巷 57 弄 40 號
電話／ 02-25776564・傳真／ 02-25789205
郵政劃撥／ 0112295-1

九歌文學網　www.chiuko.com.tw

印　　刷——晨捷印製股份有限公司
法律顧問——龍躍天律師 ・ 蕭雄淋律師 ・ 董安丹律師
初　　版——2018 年 11 月
定　　價——280 元
書　　號——F1298
I S B N——978-986-450-220-2

本書榮獲桃園市立圖書館補助出版